Die Krokodilfarm

Für meine Frau und meine Familie

Danny Christian

Die Krokodilfarm

Unheimliche
Geschichten

Bibliografische Information der Deutschen Bibliothek:
Die Deutsche Bibliothek verzeichnet diese Publikation in der
Deutschen Nationalbibliografie; detaillierte Daten sind im Internet
über
<http://dnb.ddb.de> abrufbar.

© 2005 Danny Christian
Herstellung und Verlag: Books on Demand GmbH, Norderstedt
ISBN 3-8334-3178-4

Inhalt

Der seltsame Garten

Der Kaffee war wie fast immer, sehr stark gewesen. Zum Ausgleich dafür hatte es aber Kuchen in jeder Menge gegeben. Meine Oma hatte sich sehr über unseren Besuch, der für sie leider viel zu selten ausfiel, gefreut. Als wir uns verabschiedeten und auf die schmale Straße traten, spürte ich, daß der Sommer sich einem schnellen Ende zuneigte. Die Wärme, es mußte so gegen 17.00 Uhr gewesen sein, war nicht mehr so drückend wie noch in den nicht enden wollenden heißen Wochen zuvor, die voller Trägheit gewesen waren. Jetzt spürte man die langsam wiederkehrende Vitalität, die mir sogar drei Tage zuvor für eine Sommerparty, auf die wir eingeladen waren, gefehlt hatte. Stella und ich waren noch immer verliebt, wenngleich die Liebe jetzt auch schon ein bißchen zur Gewohnheit geworden war. Wir waren nun fast ein Jahr und einen Monat zusammen, nachdem wir uns auf einer Party unserer beiden Klassen kennengelernt hatten. Eigentlich kannte ich sie schon vorher vom Sehen, da ihre Schule nur wenige Gehminuten von unserer entfernt lag und wir aus dem einem oder anderen Grund – meist war es der eine, nämlich Mädchen – uns um das Lyzeum, eine reine Mädchenschule, herumtrieben.

Sie hatten gerade ‚Tiger Feet', einen schnellen Rock'n Roll Song gespielt, als ich mir endlich ein Herz faßte und sie fragte, ob sie mit mir tanzen wolle. Zu meiner eigenen Überraschung wollte sie. Vielleicht war es weiter entscheidend und einfach Glück für mich, daß genau in diesem Augenblick die langsame Tanzrunde begann, die Schmuserunde wie wir es nannten, eingeleitet von ‚Hey Jude‘ von den Beatles. Ihr kurzes Zögern deutete mir an, daß sie sich möglicherweise wieder hinsetzen würde, wenn ich sie nicht sanft festhielte. Aber ich hatte zu lange schon auf diesen Moment gewartet, als daß ich diese einmalige Situation nicht versuchen wollte zu nutzen. Und dann tanzten wir. Bald schon bemerkten wir gar nicht mehr, wenn der Diskjockey die Platten wechselte. Wir tanzten immer weiter, eng umschlungen. Von da an waren wir kaum einmal wieder getrennt. Wir verbrachten auch, wenn es uns möglich war, alle Ferien miteinander. Jetzt strebten wir beide dem Abitur zu und somit einer ungewissen Zukunft entgegen. Aber wir hatten beschlossen, uns nicht durch die Aussicht, vielleicht bald getrennt zu sein – ob aus beruflichen – oder Studiengründen, jetzt schon die Freude an unserem Zusammensein verderben zu lassen.

Unglücklich konnten wir immer noch dann sein, wenn ich, wie es auch möglich war, in einer tristen ungeheizten Baracke einer grauen, weit entfernten Kaserne saß und einen Brief an Stella schrieb, den diese wiederum in einer vielleicht deprimierenden Umgebung eines winzigen Studentenzimmers auf ihrem Bett las.

Meine Großmutter winkte uns noch von der kleinen Treppe, die zur Eingangstür ihres winzigen Hauses führte zu – und sie wirkte dabei jünger und gesünder, als sie wirklich war. Ich hatte den Eindruck, daß der Auslöser für diese positiven Veränderungen bei ihr unsere Besuche waren, die sie scheinbar immer wieder in neuen Schwung versetzten. Sie redete dann mit wachen offenen Augen, in denen die ganze wiederkehrende Erinnerung lag, die sie, wenn sie allein war, nicht mehr aus der Vergangenheit zurückholte. Da wir beide aber immer großes Interesse an dem, was sie uns über eine für uns so weit entfernte Zeit sagen konnte, zeigten, wurde sie mehr und mehr angespornt sich zu konzentrieren und sogar kleinste Details aus ihrem Leben, die schon lange ausgelöscht zu sein schienen, mit vollem Leben und Wirklichkeit, die eben nur lange zurücklag, auszustatten.

Dieser Nachmittag hatte uns geholfen die Zeit damals, als es Krieg und Wirtschaftsnot gab, besser zu verstehen, als wir es wohl tun würden oder könnten, wenn wir sie nur aus emotionslosen Geschichtsbüchern entnommen hätten. Wir waren danach zufrieden und auch Oma war zufrieden. Sie würde bald für sich Abendbrot machen, etwas lesen, und dann einen Serienkrimi anschauen, bevor sie schlafen ging.

Stella nahm mich bei der Hand, schaute mich mit einem Blick, der ihren ganzen Tatendrang zeigte an und fragte dann, »Wollen wir noch ein bißchen durch den Park gehen, den sie gestern eröffnet haben? Er muß sehr schön sein!« »Wieso nicht, dann haben wir aber kaum noch Zeit, um uns vorm Kino noch mal Englisch anzusehen«, gab ich zu bedenken.

»Eine fünf werd´ ich deshalb schon nicht gleich schreiben«, alberte sie. »Okay, aber auf deine Verantwortung, ich möchte nicht schuld sein, wenn's dich durchhaut. Aber vielleicht kommen wir sowieso nicht rein. So weit ich gehört habe kostet es Eintritt und wir haben keinen Cent dabei«, antwortete ich. Stella lachte nur und flüsterte dann in ihrem ‚Verführungston' in mein Ohr,

»dann werde ich den Parkaufpasser eben ein bißchen überreden müssen damit er uns reinläßt.«

Uns ausmalend, wie Stella und ich es anstellten, ohne die Eintrittsgebühr zu zahlen, in den Botanischen Garten zu kommen, spazierten wir auf das Parkwächterhäuschen zu, nachdem wir einen fünfzehnminütigen Fußweg mehr laufend als gehend hinter uns gebracht hatten. *Gebühr 3.-- € für Erwachsene, 1.50 € für Schüler und Studenten*, lasen wir auf der kleinen Holztafel, die auf der, der Straße zugeneigten Seite des Holzhäuschens, daß merkwürdigerweise alt und zerbrechlich statt neu und standfest aussah, angebracht war.

Einen Moment überlegten wir, zu versuchen uns am Wärter, der sich in dem Häuschen befinden mußte, vorbei zu schleichen und so ungesehen in den Park zu gelangen. Dann aber siegte die Ehrlichkeit in uns. Aus heutiger Sicht betrachtet wäre es mir lieber gewesen, wenn wir versucht hätten uns am Wärter vorbei zu mogeln und dabei erwischt und rausgeworfen worden wären. Oder hätte der Mann mit der Uniformmütze uns so oder so reingelassen?

Stella trat vor das kleine Schiebefenster hinter dem sie den Kassierer vermutete und rief: »Hallo, ist dort jemand?« Erst hörten wir nur ein Knarren, als würde ein alter schwerer Sessel auf einem altersschwachen Holzboden umhergeschoben, dann sahen wir hinter der Scheibe ein Gesicht auftauchen. »Ja, wollen Sie in den Park?« ächzte der alte Mann uns zu. »Ja, wir würden sehr gerne«, sagte Stella und versuchte dabei ihr Kleinmädchen-Lächeln aufzusetzen, vor dem auch ihr Vater immer kapitulierte, wenn Stella und ich gemeinsam in einen Campingurlaub fahren wollten und sie versuchte, seine Erlaubnis zu bekommen. Diese hätte er nämlich am liebsten immer versagt, da er eine eher konservativ zu nennende Einstellung hatte, wenn es um die ‚Moral der Minderjährigen' – wie er es nannte, ging. Besagte Moral sah er all zu oft gefährdet, worüber Stella und ich meist nach solchen typischen Gesprächen, wenn wir wieder allein waren, dann laut lachen mußten.

»Wenn Sie noch Schüler sind, macht's drei Euro zusammen«, hörten wir den Alten durch die Scheibe sagen. In der Hütte hätte genauso eine junge Frau sitzen können, aber irgendwie hatten wir auch einen solchen alten Mann erwartet, dessen Gesicht sich jetzt nahe an die Scheibe drückte, um uns sehen zu können und um das Geld durch die kleine Durchreiche, eine Aussparung des Glases zwischen Tresen und Scheibe, entgegenzunehmen.

»Oh, wir dachten es wäre umsonst, wir haben leider kein Geld dabei«, sagte Stella bedauernd. Ich sagte nichts. Sowas konnte sie sowieso besser. Sie kriegte die meisten Menschen, wenn sie etwas von ihnen wollte, herum. Stellas Art veranlaßte ihre Mitmenschen immer wieder von ihren Prinzipien und Standpunkten abzuweichen. Bei mir gelang ihr das seltener, zum einen, weil ich sie besser kannte, zum anderen, weil sie es deshalb auch nur selten versuchte. So oder so, Verhandlungen waren bei ihr in den besten Händen. Insbesondere dann, wenn sie zu unserem Vorteil ausgehen sollten.

»Eigentlich dürfte ich euch dann ja nicht reinlassen«, sagte der Alte gutmütig und lächelte mich an, »aber wenn ihr mir versprecht das Geld vorbei zu bringen wenn ihr das nächste Mal in der Nähe seid, drück ich mal ein Auge zu.« »Na klar, machen wir«, rief Stella begeistert. »Vielen Dank.« Dann zog sie mich schon durch die Eingangspforte. Im Gesicht des Alten glaubte ich noch einen Anflug von Genugtuung zu sehen, dann war er wieder im Haus verschwunden. Wahrscheinlich ist er froh, daß er eine gute Tat begangen hat, dachte ich noch, als wir schon mitten im Park standen. Wir waren jetzt von den verschiedenen Düften und Gerüchen der unzähligen fremdartigen Blumen eingehüllt, die so wild durcheinander angepflanzt waren, daß sie sich zu einem unbeschreiblichen wunderbaren neuem Farbton vermischten. Bei genauerer Betrachtung konnte man allerdings ein Muster oder eine Art System erkennen, daß ein genialer Landschaftsarchitekt dem Blumenmeer gegeben hatte. Hand in Hand gingen wir staunend durch die üppige Vegetation. Waren es eben nur Blumen gewesen, so umgaben uns nun hohe Sträucher und Bäume, die wir noch nie gesehen hatten. An manchen hingen für uns fremde Früchte, die mal rot, gelb oder grün, groß oder klein, rund oder oval waren. Obwohl wir keine Vögel sehen konnten, hörten wir doch ein lautes Gezwitscher, das aus hunderten kleiner Vogelkehlen stammen mußte. Irgendwie machte der Park auf mich einen unwirklichen Eindruck, so als gehörte er nicht in dieses mitteleuropäische Land in dem wir uns befanden. Er schien mehr auf eine tropische Südseeinsel zu passen, auf die nur selten ein Mensch seinen Fuß gesetzt hatte.

An einem kleinen Springbrunnen, der viele kleine Wasserfontänen in die Luft spie, teilte sich der Weg in drei kleine Pfade. Da es keine Hinweisschilder gab, folgten wir einfach dem schmalsten, der uns die meisten Geheimnisse des Parks versprach, da dort die Vegetation wilder und undurchdringlicher zu werden schien. Ich lachte Stella an und sie schien zu verstehen, was ich ihr damit sagen wollte. Es war eine gute Idee gewesen hierher zu kommen, auch wenn wir dadurch Zeit zum Lernen verloren. Nach wenigen Minuten waren die Sträucher so dicht, daß wir immer wieder dünne Lianen und Zweige von wuchernden Büschen beiseite schieben mußten, um die Richtung in die wir gingen beizubehalten. Wir fühlten uns wie im Dschungel einer vergessenen Insel und nicht gerade wie drei Kilometer von unserem Zuhause entfernt.

Jetzt erst fiel mir auf, daß uns bis zu diesem Zeitpunkt kein anderer Parkbesucher begegnet war. Es kam mir vor, als wären wir weit und breit die einzigen Menschen, obwohl sich schon wenige hundert Meter weiter auf der nahen Hauptstraße die Passanten um den knapp bemessenen Platz auf dem Bürgersteig der gefährlichen, vielbefahrenen Hauptverkehrsader unserer Kleinstadt streiten mußten. Vielleicht hatten die meisten Besucher den Hauptweg, der geradeaus weiter verlaufen war, genommen und wir würden erst wieder auf andere Leute treffen, wenn wir wieder auf ihn zurück gelangten. Möglicherweise wurde der Garten aber auch bald geschlossen und die Spaziergänger sagten sich, daß es Zeit sei zum Ausgang zu gehen um nicht eingeschlossen zu werden. Neue Besucher kamen unter diesen Umständen sicherlich auch nicht mehr in den Park, da es sich nicht mehr lohnte, den Eintritt für einen zu kurzen Besuch zu zahlen. Nein, wahrscheinlich würden wir jetzt niemandem mehr begegnen. Bei diesem Gedanken fiel mir ein, daß wir vergessen hatten, den Parkwärter nach den Öffnungszeiten zu fragen. Da er allerdings auch von sich aus nichts gesagt hatte, nahm ich an, daß entweder doch noch länger als ich dachte geöffnet war, oder es auch nach Schließung des Geländes noch eine Möglichkeit für Verspätete gab, den Botanischen Garten zu verlassen.

Stella merkte es zuerst. Sie hatte gerade an einer violetten überdimensionalen Blüte eines ansonsten unscheinbaren Gewächses gerochen, als sie sich zu mir umdrehte und mit einem erstaunten Gesichtsausdruck sagte: »Du Daniel, hörst du das?« »Was soll ich hören?« fragte ich, ohne zu wissen, auf was sie hinaus wollte.

»Eben, gerade nichts, man kann nichts mehr hören. Die Vögel waren doch eben noch so laut und jetzt ist es ganz still. Nicht ein einziges piepsen – ist doch komisch oder?« »Na vielleicht sind sie gerade in die *Heia* gegangen oder sehen sich die neueste Ausgabe der Serie ‚Expedition ins Vogelreich‘ an«, witzelte ich. Aber im nächsten Augenblick wußte ich was sie meinte. Auch mir kam jetzt das Fehlen jedes natürlichen Geräusches eher merkwürdig als belustigend vor.

»Im Dschungelbuch wäre der Grund dafür ganz klar«, Stella machte ein ernstes Gesicht, »irgendwo in der Nähe lauert ein Tiger, der sich lautlos herangepirscht hat, auf uns.«

»Gut, daß wir nicht in Indien sind, hier wird statt eines Tigers wohl höchstens ein kurzbeiniger Rauhaardackel auf der Lauer liegen um uns in die Waden zu beißen«, gab ich zurück. Aber ich wußte, daß es kein einfacher

Hund gewesen sein konnte, der die Vögel zum Verstummen gebracht hatte.

Gerade als sich Stella nach der Untersuchung einer anderen Pflanze wieder aufrichtete um zu mir zu kommen, hörten wir dieses infernalische Gebrüll. Laut und brutal kam es aus den nahen Büschen zu uns herüber. Dann hörten wir das Brechen von Zweigen und Ästen hinter uns, die scheinbar von irgendwem oder irgendwas aus dem Weg geräumt wurden um zu uns zu gelangen.

Dann kam wieder das Gebrüll, das jetzt schon näher klang und sicher auch einen Löwen oder Elefanten in die Flucht getrieben hätte. Daß wir nicht gleich fortliefen, läßt sich wohl nur damit erklären, daß wir uns einfach nicht vorstellen konnten, daß es hier im Park im Herzen der Stadt irgend etwas geben konnte, das uns tatsächlich Furcht einflößen und uns gefährlich werden konnte – zumal es noch taghell war und es kein Anzeichen für eine nahende Dunkelheit gab.

Dann war das Brüllen so dicht vor uns, daß wir nicht mehr stehenbleiben und warten konnten was gleich passieren würde. Wir rannten los. Stella hielt sich verkrampft an meiner linken Hand fest und ich versuchte nicht zu schnell zu laufen, damit sie hinterherkommen konnte. Der Lärm hinter uns wurde lauter und jetzt gab es keine andere logische Erklärung mehr, außer der, daß wir verfolgt wurden. Von wem und wieso auch immer. Ich wagte nicht, mich umzusehen. Egal was es sein mochte, das uns hier inmitten einer zivilisierten modernen Kleinstadt jagte, es mußte es ernst meinen. Der erste Gedanke, jemand mache einen blöden Spaß, war schnell verschwunden. Zu bösartig und wirklich klangen die

Geräusche, die von irgendeiner grauenhaften Kreatur stammen mußten. Immer wieder schlugen mir Äste und dornige Zweige des immer dichter werdenden Gestrüpps ins Gesicht. Obwohl die aufgerissene Haut blutete und schmerzhaft brannte, hetzte ich weiter, immer Stellas lauter und schneller werdenden Atem in meinem Ohr. Sie rannte tapfer hinter mir her. Ich wußte, daß wir das Tempo nicht mehr lange durchhalten konnten. Stella war zwar keine schlechte Sprinterin, aber auf der Langstrecke wegen fehlender Ausdauer hoffnungslos verloren.

Dann war das Gebrüll so nah, daß ich glaubte gleich von einer übergroßen Pranke niedergerissen und zerfetzt zu werden.

Aber als in der nächsten Sekunde nichts geschah, nahm ich all meine Energie zusammen, rannte noch ein kleines Stück geradeaus, Stella hinter mich herziehend, machte dann einen Haken nach links und warf mich in die engen Büsche. Bald hinter dem ersten Geflecht an Zweigen sprang ich nach rechts, lief wieder ein Stück geradeaus und bog dann ein zweites Mal nach rechts ab. Dann brach Stella zusammen. Ich blickte mich ängstlich um, sah aber nichts verdächtiges und hörte das eben noch so unmittelbare bestialische Geschrei nur noch gedämpft. Ich mußte es abgehängt haben, oder besser, wir mußten es abgehängt haben, dachte ich. Ich ging zu Stella und hob sie hoch. Sie war zu erschöpft um etwas zu sagen, aber in ihrem Blick lag die Frage, ob wir in Sicherheit waren oder immer noch auf einer vielleicht tödlich endenden Flucht. »Ich glaub' *es* ist weg, versuchte ich sie zu beruhigen.« »Was war das?« röchelte sie, langsam wieder zu Atem kommend. »Ich habe keine

Ahnung, aber wir sollten hier schnellstens verschwinden.« Wir gingen vorsichtig weiter, verloren aber nie das Gefühl, von unserem Verfolger noch fieberhaft gesucht zu werden. »Sprich jetzt nicht mehr und versuch´ kein Geräusch zu machen«, flüsterte ich Stella ins Ohr. Sie nickte und wir schlichen gebückt unter den Büschen hindurch und versuchten den Ausgang zu finden, der uns aus diesem Alptraum führen sollte. Nach wenigen Minuten in denen wir in der gleichen Haltung weiterschlichen, war das Gestrüpp plötzlich zu Ende und wir traten auf eine Lichtung hinaus. Sie schien viel zu groß zu sein, als daß sie in diesen Park hineinpassen konnte. Ich hatte den gesamten Park höchstens halb so groß wie die freie Fläche, auf die wir jetzt schauten, geschätzt. Mir wurde immer klarer, daß dies hier keine gewöhnliche Gartenanlage war.

Ich hielt es für zu gefährlich, die Lichtung ohne Schutz zu überqueren. Trotz dem ich zeitweise von einer nie gekannten Panik ergriffen gewesen war, funktionierte das Denken – oder waren es nur meine Reflexe? – noch.

Ich hoffte, daß auf der anderen Seite der Ausgang war. Außerdem glaubte ich, daß wir uns in dieser Richtung von dem brüllenden Tier oder was es auch immer war, fort bewegen würden. Nur Distanz zwischen ihm und uns konnte meine Nerven jetzt beruhigen. Ich schob Stella an den Bäumen auf der rechten Seite des freien Geländes entlang und hoffte, daß wir für einen eventuellen Späher nicht zu sehen waren, wenn wir nicht auf die Lichtung hinaustraten. Allerdings war mir auch bewußt, daß jede auch noch so kleine Bewegung registriert werden mußte, wenn es jemanden gab, der wirklich suchte, der sich nicht mit meinem und Stellas Verschwinden zufrieden geben wollte.

Es war wieder still, vielleicht etwas zu still, als wir uns immer weiter auf die andere Seite der Lichtung zu bewegten. Ich hatte nun Hoffnung, Hoffnung, daß wir in wenigen Minuten aus diesem Alptraum entkommen waren und uns wieder in der Wirklichkeit in einer mit fröhlichen Menschen belebten Straße mit lärmenden Autos und zu viel Abgasen wiederfanden. Stella schien sich allmählich auch ein wenig zu beruhigen. Ihre Bewegungen waren nun bewußter. Sie lief nicht mehr automatisch, sondern paßte auf, daß sie nicht stolperte und im Lichtschatten der Kastanien blieb. Wir erreichten den dichten Wald auf der gegenüberliegenden Seite des Platzes, ohne daß etwas geschah. Bedeutete die Ruhe, daß wir es abgeschüttelt hatten, oder war es nicht viel wahrscheinlicher, daß *es* unsere Witterung aufgenommen hatte und bald hier sein mußte? Meine Angst wurde wieder stärker. Wir mußten so schnell wie möglich weiter. Schneller sein als unser oder unsere Verfolger. Dorthin gelangen, wohin sie uns nicht folgen konnten. Wenn es solch einen Ort überhaupt gab.

In dem Moment als ich die Mauer sah hörte ich hinter mir wieder das Brüllen, dieses widerwärtige Kreischen und Toben. Und dann das Brechen von Ästen, als wir losrannten. »Über die Mauer!« schrie ich. Und Stella sprang. Sie war sportlich.

Mit dem ersten Sprung war es ihr gelungen, sich an der scharfen Oberkante der grauen Mauer festzuhalten. Dann zog sie sich hoch. Fast im gleichen Moment standen wir oben auf der Mauer und sahen auf die rettende

Straße hinunter. Ich spürte noch etwas an meinem Rük-
ken als ich erneut sprang. Dann hörte ich nur noch ein
unmenschliches Jaulen hinter mir. Beinahe gleichzeitig
landeten wir auf dem Asphalt. Wir rannten los, ohne
Ziel, nur weg von dem Brüllen und Toben.

Die Dämmerung hatte schon eingesetzt, als wir endlich langsamer wurden. Wir waren in einer Seitenstraße
in der Nähe des Hauses meiner Großmutter. Wir hatten
weder gemerkt wohin, noch daß wir so weit gelaufen
waren. Erschöpft setzten wir uns auf die Eingangsstufen
eines an die Straße grenzenden gemütlich aussehenden
Einfamilienhauses. Ich nahm Stella in die Arme.

Minutenlang sagte keiner von uns etwas. Dann hob
Stella den Kopf. »Sind wir jetzt in Sicherheit?«

»Ich denke ja«, erwiderte ich und wurde der Passanten
und der Autos an der nahen Kreuzung der Hauptstraße
gewahr.

Als wir in der Dunkelheit nach Hause gingen, faßten wir den Entschluß, niemanden etwas zu sagen, bis
wir eine Nacht geschlafen hatten und wir am nächsten
Morgen sicher waren, daß unsere Erlebnisse keine Ein-
bildungen gewesen waren. Stella versprach morgens um
9.00 Uhr bei mir zu sein. Sie kam um 10.00 Uhr.

Ihr war es wie mir ergangen. Ich hatte lange nicht
einschlafen können, zu viele Gedanken und Schreckensbilder waren mir durch den Kopf gegangen. Es mußte
bald nach 3.00 Uhr gewesen sein, als ich dann doch
endlich einschlief, denn kurz vor drei hatte ich das letzte
Mal auf die Uhr gesehen. Als ich nach Hause gekommen
war, war ich direkt auf mein Zimmer gegangen, obwohl

ich vom Flur unseres kleinen Hauses aus hören konnte, daß meine Eltern noch fernsahen. Ich wollte mich an die Abmachung mit Stella halten und abwarten, was der nächste Morgen und die Helligkeit brachten. Erst als ich wieder aus einem tiefen Schlaf aufgewacht war, spürte ich die Verletzung auf meinem Rücken. Ich zog mein T-Shirt, in dem ich geschlafen hatte, aus. Im Spiegel konnte ich eine verkrustete Schramme sehen, die beim Abtasten allerdings keinen gefährlichen Eindruck machte. Dann sah ich meine Jeansjacke, die ich achtlos auf den Boden geworfen hatte. Sie war auf ungefähr einer Fläche von 2 mal 8 Zentimetern derart zerrissen, als habe irgend jemand an ihr seine ganze Wut ausgelassen.

Nach der zweiten Tasse Kaffee sprachen wir darüber. Wir waren beide noch stark von den Erlebnissen im Park beeindruckt und waren uns sicher, daß, auch wenn alles einem Dritten vollkommen unglaubhaft erscheinen mußte, wir doch überzeugt waren, daß sich alles so zugetragen hatte, wie es in unserer Erinnerung und in unseren Träumen eingebrannt war. Wir beschlossen, mit Stellas Onkel, einem leitenden Polizisten zu sprechen. Kurz darauf machten wir uns auf den Weg zu seinem Büro, daß in der Innenstadt nahe dem neuen backsteinernen Gerichtsgebäude lag.

Herr Grasser hatte sich die Geschichte mit der Ruhe eines an das Zuhören gewöhnten Mannes erzählen lassen. Dann und wann fragte er nach, ab und zu zog er seine Augenbrauen hoch und wiederum schüttelte er manchmal beinahe unmerklich seinen Kopf. Dann sagte er das, was jeder vernünftige Mensch an seiner Stelle auch gesagt hätte. An sich glaubte er uns, bloß hätten wir uns wahrscheinlich in unserem Schrecken getäuscht, was das ‚Ding‘ anging. Wahrscheinlich werde es der Wärter mit seinem Wachhund gewesen sein. Aber er gehe gern mit uns zum Park um sich alles genau anzuschauen und um den Parkwächter zu befragen.

Wir parkten direkt vor dem Tor mit dem Pförtnerhäuschen. Stellas Onkel hatte uns auf dem Weg gebeten, vorerst nichts zu sagen und ihn die Fragen stellen zu lassen.

Als der Wächter die Uniform sah, kam er aus seiner Hütte geschlurft.

»Guten Morgen, ich bin Hauptkommissar Grasser, ich wollte mich ein bißchen über ihren Park informieren«, sagte Stellas Onkel zu ihm. Der korpulente Mann im Alter von Kommissar Grasser sah uns an und erwiderte dann: »Guten Morgen, fragen Sie nur. Aber es ist das erste Mal, daß die Polizei zu uns kommt und etwas wissen will. Es ist zu ruhig hier. Aber bitte, – um was geht es?«

»Gibt es mehrere Parkwächter oder Kassierer hier wie sie?« »Wir teilen uns die Arbeit zu zweit. Wenn ich krank bin oder nicht kann, macht meine Frau den Job. Im Urlaub habe ich eine Aushilfe. So einen jungen Studenten, macht glaub ich Bio oben an der Uni.« »Und sonst niemand?« »Niemand«, entgegnete der Dicke, »nur ich, meine Frau und ab und zu der Student.« »Und gestern?« fragte Herr Grasser nach. »Gestern hatten wir geschlossen, da war niemand da.« »Und einen Wachhund gibt es hier wohl auch nicht – oder?«

»Nein, wozu auch«, der Dicke verlor jetzt das Interesse an dem Gespräch.

»Wir werden uns ein wenig umsehen. In einer halben Stunde sind wir wieder zurück.«

Herr Grasser ging voran, wir trotteten hinterher. »Eigentlich kostet das ja etwas«, brummelte der Wächter, ging dann aber in sein Häuschen zurück, als habe er mit diesem Satz seine Schuldigkeit getan.

Als wir den Park nach über einer Stunde verließen, hatten wir nur blühende Pflanzen, sprudelnde Brunnen und bunte Beete gesehen. Und zu dieser Idylle hatten Vögel wie aus tausend Kehlen unablässig gezwitschert. Herr Grasser war ganz hingerissen und bekundete, bald mit Stellas Tante hier spazieren gehen zu wollen. Ich hatte einen Abdruck gefunden, für mich die Umrisse der Pranke der Bestie, für Stellas Onkel nur ein undefinierbares ‚Etwas‘ im Sand, »von Hunden oder Kinderspielzeug oder was auch immer«, hatte er gemeint. Er war nicht im mindesten beunruhigt. Auch hatte er meiner Verletzung keine weitere Bedeutung zugemessen. »Wer Angst hat und wegrennt, wieso auch immer, achtet nicht darauf, ob er an irgendeinem Ast hängen bleibt und sich irgendwelche Schrammen holt«, war seine Meinung. Und irgendwie hatte ich diese nüchterne Ansicht durchaus verstehen können. Er hatte nur nicht in unserer Haut gesteckt. Das war der Unterschied. In Herrn Grassers Position hätte ich vermutlich genau das gleiche gedacht und gesagt.

Nachdem Stellas Onkel sich verabschiedet hatte, schlenderten Stella und ich die ‚Lindenallee‘ entlang. Ich nahm sie in den Arm und sie küßte mich auf die Wange. Und dann gingen wir in die Stadt, ins Zentrum, in die Fußgängerzone, wo Menschen waren und ihr beruhigender vertrauter Lärm.

Die Krokodilfarm

Ich fühlte mich einerseits als Tourist, andererseits irgendwie auch nicht. Denn Touristen, die nur für ein paar Tage auf der Weiterreise hierher kamen oder die sich vielleicht eine Woche Bangkok anschauten, konnte ich mit einigem Recht sagen, daß ich eben kein Tourist war, sondern ein Apartment hatte, in das ich an jedem Abend zurückkehren konnte und das kein unpersönliches Hotelzimmer war. Das machte mich ein wenig stolz und gab mir das Gefühl, daß ich wirklich in dieser bunten asiatischen Welt wohnte. Dabei hatte das Wort ‚Wohnen‘ auf mich eine besondere Ausstrahlung. Es sagte mir, daß in meinem Leben etwas passiert war, was ich mir als Kind immer erträumt hatte. Einmal in einem anderen fernen exotischem Land zu leben. Wenn auch nur für eine begrenzte Zeit.

Wie so oft in diesen Tagen war mein weißes Baumwollhemd naß.

Man konnte nichts dagegen tun, die Luftfeuchtigkeit war hier im November so hoch, daß man schon nach der geringsten Bewegung durchgeschwitzt war. Da es aber fast allen Ausländern – und auch einigen Einheimischen so ging – war diese Tatsache akzeptiert und fiel auch bei geschäftlichen Besprechungen niemandem unangenehm auf. Da mein Aufenthalt in dieser lebendigen versmogten aber auch faszinierenden Metropole beruflicher Natur war, hatte ich wegen der zahlreichen Gesprächs – und anderen Geschäftstermine noch keine Zeit gehabt, Besichtigungsfahrten geschweige denn Erkundungsreisen ins Landesinnere zu machen. Ich hatte bis jetzt nur Gelegenheit gehabt, mit einem thailändischen Geschäftsmann aus Chiang Mai, der nördlichsten Großstadt Thailands, den Wat Phra Keo, den alten Königspalast Siams zu besichtigen, in dem auch heute noch bestimmte Zeremonien von dem aktuellen König des Thai-Reiches, Bhumipol abgehalten wurden. Khun Champorn hatte ihn selbst noch nie besichtigt und hatte die Gelegenheit des Bangkok Besuchs genutzt, einige Stunden mit mir, einem möglicherweise zukünftigen Geschäftspartner, in dem tempelähnlichen Komplex zu verbringen.

Eine meiner Aufgaben zu denen ich von meiner Firma nach Bangkok gesandt worden war, war es, Kontakte mit thailändischen Firmen zu knüpfen und insbesondere Firmen zu finden, die man mit der fernöstlichen Produktion unserer Waren beauftragen konnte.

Das folgende Wochenende hatte ich endlich frei und wollte es nutzen, um mir das anzusehen, was jeder Pauschaltourist schon in seiner ersten Urlaubswoche kennengelernt hatte.

Die Hitze war beinahe erdrückend und, auch wenn die Sonne fast schon der Dunkelheit gewichen war, versprach diese Tatsache keine Erleichterung für die Nacht. Es war für mich immer wieder verblüffend, wie schnell und intensiv das natürliche Licht in diesen Breitengraden verschwunden war und durch künstliches Licht ersetzt werden mußte. Die Dunkelheit machte mich oft wehmütig und traurig und ließ mich an Deutschland und meine zurückgelassenen Freunde in München denken. Allerdings nur dann, wenn ich allein in dieser großen, so fremd riechenden Stadt war. Wenn ich eine Verabredung hatte war es ganz anders, dann genoß ich die abendliche Wärme, ein Abendessen an der Straße und eine angeregte Unterhaltung.

Ich empfand Dunkelheit eigentlich nur dann als Bedrohung, aber auch als Herausforderung, wenn ich allein war, sonst bemerkte ich sie nicht wirklich.

Oft ging ich nach der Arbeit noch ein wenig die belebte Silom-Road auf und ab, aß ein Eis und schaute mir die Menschen, Einheimische wie auch Urlauber an. Die einen, die verkauften, die anderen, die kaufen wollten und versuchten, in ungeschickter Weise durch Handeln den Preis zu drücken um 10 oder 20 Baht zu sparen. Das war zwar nicht viel Geld, ließ aber die meisten der Käufer glauben, sie hätten nach ,erfolgreichem' Handeln ein gutes Geschäft gemacht und freuten sich um so mehr über das gerade Gekaufte.

Die halbe Silom-Road ist besetzt von Geschäften und Ständen an denen insbesondere T-Shirts, Hemden, Kunstgewerbliche Gegenstände und Uhren verkauft werden. Ich selbst erstand dann und wann ein neues Hemd mit einem Polospieler als Markenzeichen, das ich dann im Büro tragen wollte. Zwar regten die Farben zum Kaufen an, die Qualität der Hemden war aber oft minderwertig, was sich schon bei der ersten Wäsche herausstellte, da sie danach nicht mehr überall die gleiche Farbintensität hatten und zur Folge hatte, daß ich sie dann nicht mehr im Büro anziehen konnte.

Einige von den Shorts die ich in der Silom-Road kaufte, trage ich heute noch; andere sind sozusagen *vergangen*. Wenn ich in diesen Tagen mein blaues Lieblingshemd aus der Silom-Road trage, denke ich manchmal an Bangkok zurück und an den Tag, der bis heute tief in meinem Gedächtnis haften geblieben ist.

An diesem Freitag mußte ich nicht arbeiten, endlich hatte ich frei. Zwar konnte ich deshalb heute nicht eine dieser interessanten Unterhaltungen mit Winai führen, die so häufig waren, da das Büro oft keine Arbeit für uns hatte. Aber endlich konnte ich das Land ein wenig erkunden.

Winai war nur unwesentlich älter als ich und der einzige Dauerangestellte in dem Consulting Büro Supornmatee. Dann und wann kam noch ein Buchhalter, ein ca. 65 Jahre alter Thai, der seine Arbeit tat und dann wieder ging. Unvorhersehbar, nach Arbeitsanfall oder vielleicht auch nach Lust. Ein System in seinem Kommen hatte ich, auch wenn ich phasenweise mit ihm zusammenarbeitete, nie entdecken können.

Es war interessant sich mit Winai zu unterhalten. Da er ein Einheimischer war, konnte er mir vieles, was ich nicht verstand, erklären, insbesondere die asiatische, buddhistische Mentalität der Menschen, die sie so stark von Europäern unterschied. Es gab vieles was ich nicht verstand. Zudem war Winai auch eine nicht versiegende Quelle, wenn es um Mädchen und Liebesgeschichten ging. Wie viele Thais, so hatte auch er seine ersten erotischen Erfahrungen bei Prostituierten gesammelt. Für mich war das überraschend und auch irgendwie ein wenig verrucht, für ihn durchaus etwas von dem er in einem Ton erzählte, der mir deutlich machte, daß diese Tatsache für ihn nichts an sich hatte, das man mißbilligen oder verschweigen mußte.

Wenn die Thailänder einem Besucher sehr aufgeschlossen erschienen, so war das meist darauf zurückzuführen, daß der Tourist eben mit Personen zusammenkam, die in irgendeiner Art im Tourismusgewerbe arbeiteten und somit Ausländer gewohnt sind und deren Art und Verhalten nach außen hin übernehmen, um Geschäfte machen zu können.

Da sich mir ein intensiverer Einblick durch meine Mitarbeiter und die längere Zeit die ich die Möglichkeit hatte die Menschen und die Kultur zu beobachten bot, wurde mir klar, daß die Menschen eher zurückhaltend und schüchtern waren, und sich einem Fremden nie so öffnen würden, wie es vielleicht ein Europäer tut.

Bei meinem ersten Besuch in Bangkok, der viele Jahre zurücklag, hatte ich die Krokodilfarm nicht sehen können. Grund dafür war damals die kurze Zeit, die mir in der thailändischen Hauptstadt zur Verfügung gestanden hatte, gewesen. Sie hatte einfach nicht ausgereicht um alle Sehenswürdigkeiten besuchen zu können. Wenn ich jetzt darüber nachdachte war ich mir allerdings nicht mal sicher, ob die Krokodilfarm damals überhaupt schon existierte.

Heute wollte ich dieses scheinbare Versäumnis nachholen. Mein Bus fuhr um 10.00 Uhr. So blieb mir noch eine halbe Stunde um ein bißchen durch den Lumpini-Park, die grüne Lunge der Millionenstadt in der Nähe meines Büros, zu schlendern.

Der Bus war nur zu zwei Dritteln gefüllt. Außer mir waren noch drei weitere Ausländer zugestiegen, nach dem ersten Augenschein Amerikaner, weil sie Baseballmützen der Princeton Universität Ohio trugen. Die Thais fuhren vom Einkaufen, mit Körben beladen, wieder auf ihre Dörfer außerhalb der großen Stadt zurück. Sie interessierten sich nicht für uns, die *farangs*, die Ausländer. In Bangkok wimmelte es von ihnen und in diesem Bus auch, da die Krokodilfarm mittlerweile in jedem Reiseführer als besonderer Tip zu finden war. Auch wenn bei den Einheimischen Interesse vorhanden gewesen wäre, hätte die anerzogene Zurückhaltung ein Gespräch mit mir oder den Amerikanern verboten. Es waren meist Studenten oder im Tourismus Tätige die mich ansprachen. Sonst war es immer ich, der eine Unterhaltung beginnen mußte.

Ich bemerkte gar nicht, daß schon fast eine Stunde vergangen war, als der Bus auf einem staubigen Parkplatz vor der Krokodilfarm stoppte. Es hatte zu viel zu sehen gegeben. Dörfer voll pulsierendem Leben, nie gesehene Landschaften, fremde von der äquatornahen Sonne gebräunte Menschen, in Situationen, die anders waren als bei uns. Ich stieg aus und ging auf den Eingang zu. Der Bus fuhr wieder ab und hinterließ eine Fahne stinkenden Benzins. Die Amerikaner hinter mir legten erst einmal einen Stop an einer bambushölzernen Bude ein und deckten sich mit Dosen-Coca-Cola ein.

An der Kasse mußte ich 100 Baht für das Ticket zahlen, für thailändische Verhältnisse viel zu viel wie ich dachte, wenn auch diese 3 bis 4 Euro für einen Deutschen sicherlich normal waren. Während meiner Zeit in Thailand fragte ich mich immer wieder, wie die Thais die teils europäischen Preise bezahlen konnten, da ich wußte, daß ein monatliches Normaleinkommen kaum über 150,-- Euro im Monat lag.

Ein nachlässig gesägtes Holzschild von ungefährer Größe eines Quadratmeters, an einem Holzpfeiler in Kopfhöhe befestigt, wies den Besucher darauf hin, daß es neben der Möglichkeit des normalen Krokodilfarmbesuchs noch einen im Preis inbegriffenen Ringkampf Mensch gegen Bestie gab. Wohl in bauchhohem Wasser, was natürlich nicht auf dem Schild steht, vermutete ich, weil sonst das Krokodil dem Menschen, der die Show vorführte, zu gefährlich werden konnte, da es unberechenbar aus der Tiefe auftauchen und sich auf den ahnungslosen und dann auch wehrlosen menschlichen Gegner stürzen konnte. Ich war mir sicher, auch wenn es sich bei der Vorführung um ein inszeniertes Spiel handeln sollte, sich das Krokodil wohl nicht immer an die Regeln halten würde. So mußte man das Risiko zumindest so verringern, daß es kalkulierbar blieb. Es war klar, daß man dem Zuschauer kein Blutbad, sondern eine realistisch wirkende Showeinlage bieten wollte, die von dem Parkmitarbeiter noch gesteuert werden konnte.

Unter dem Hinweis auf die Show stand in Thai wie auch einer relativ guten englischen Übersetzung, daß es gegen 17.00 Uhr noch die Möglichkeit gab, einer Übung mit Arbeitselefanten zuzusehen. Hierfür waren allerdings noch einmal 50 Baht extra zu zahlen. Dieser Unkostenbeitrag, so hieß es weiter, sei dann direkt an der Vorführungsanlage am ausgeschilderten Westende des Parks zu entrichten. Ich wollte mir überlegen, ob ich später noch Lust hatte, dieses Schauspiel – für mich sicherlich interessant, zumal mir Elefanten immer gut gefielen – anzusehen und natürlich dann sehen, ob das Geld noch reichte. Denn auf keinen Fall versäumen wollte ich es, an dem traditionellen Thai-Lunch teilzunehmen, der sogar in meinem Siam-Guide Erwähnung gefunden hatte. Man versprach, in einmaliger Atmosphäre, in einer Parklandschaft an einem See mit Blick auf viele exotische Vögel und Enten ein viergängiges Menü, nicht zu scharf (für uns Europäer), zu servieren. Zusätzlich sollte es einen Überraschungscocktail geben. Ich freute mich schon darauf und fragte mich, ob ein Gang wohl ein von mir so geliebtes thailändisches Currygericht war.

Ich schlenderte weiter. Hinter mir hörte ich die Amerikaner streiten ob 100 Baht nun eher 3 oder 4 Dollar waren. Man entschied sich, wahrscheinlich psychologisch vernünftig, für 3 Dollar. Dann entfernten sich die Stimmen, worüber ich ganz froh war. Ich hatte mich auf einen Tag eingestellt, an dem ich alles alleine erleben wollte. Das gab mir das Gefühl von einer ungeheuren Ferne zu allem Vertrauten, meinen Freunden, meiner Familie und meiner Stadt. Es gab immer wieder Momente, in denen ich hoffte, ich würde vielleicht auf meinen kleinen Fahrten irgend jemanden kennenlernen, mit dem ich reden und vielleicht mal essen gehen konnte; heute hatte ich dazu jedoch nicht das Bedürfnis. Ich fühlte mich stark, voller Selbstvertrauen und brauchte niemanden, der mit mir die Ferne und die Einsamkeit teilte.

Ich folgte als erstes dem Hinweisschild zur Informationshalle. Hierbei handelte es sich um einen kleinen hölzernen Pavillon in dem an den vier Wänden Schrifttafeln und Bilder angebracht waren. Nach einer Viertelstunde wußte ich alles über die Entstehungsgeschichte der Krokodilfarm, ihren Sinn und so einiges neues über

Krokodile, Kaimane und Alligatoren im allgemeinen. Ihre Gewohnheiten, die Größe und das Gewicht eines dieser Urtiere, die so viel Anlaß zu Angst, ja oft sogar Panik geben. Da sie keinen natürlichen Feind zu fürchten hatten, konnten sie sich uneingeschränkt ausbreiten. Nur der Mensch und die Natur selbst traten als Begrenzer der Anzahl der Krokodile auf. Und nur dann, wenn nicht genügend Nahrung vorhanden war, oder die äußeren klimatischen Umstände nicht stimmten, konnte ein Krokodil nicht endlos überleben. Die Zeit der unbegrenzten Jagd allerdings war jetzt im Zuge der Umwälzungen des Umwelt- und Naturschutzes vorbei. Aber illegale Jagden blieben natürlich. Wie sollte ein Staat auch in der Lage sein, seine Tiere mit aller Konsequenz zu schützen? Indem man den Absatz von Krokoleder erschwerte, glaubte man jedoch zu Recht ein Mittel gefunden zu haben, das illegale Töten einzuschränken, da der Verkauf zu schwierig wurde und potentielle Täter sich eher ein unkomplizierteres Betätigungsfeld suchten. Rückläufige Tötungszahlen schienen die Richtigkeit der getroffenen Maßnahmen auch zu bestätigen.

Mit neuem Wissen begab ich mich zu den Einzelgehegen, in denen jeweils nur ein Krokodil lag. Hier wurden die verschiedenen Krokodilsarten erklärt. Zudem hatte jedes Tier einen Namen und Angaben von Gewicht, Größe und täglicher Freßmenge auf einem kleinen Schild, das an dem Drahtzaun, der das Gehege umschloß, angebracht war. Unweigerlich mußte ich mir bei jedem Exemplar, das ich für gefährlich hielt, vorstellen, wie es war, wenn es in freier Wildbahn zu einem Zusammentreffen zwischen mir und der Bestie käme und wie groß die Chance war, dem Tier zu entkommen, wegzulaufen oder wegzuschwimmen; wobei letzteres sicherlich eher unwahrscheinlich war. Wenngleich ich gar nicht wußte, ob ein Krokodil jeden Schwimmer der in seine Gewässer geriet jagte, glaubte ich doch, daß dies mit Sicherheit der Fall sein müßte, wobei es mir bei dem Gedanken jedes Mal kalt den Rücken herunterlief. Ich hatte schon immer zuviel Phantasie gehabt, was oft sehr interessant und eine Bereicherung des Lebens, manchmal aber auch eine große Belastung war, wenn einen der Gedanke und das Ausmalen dieses Gedankens in der Nacht einen Alptraum bescherte.

Die Zeit verflog um mich herum, als ich später, auch zur Beruhigung meiner Nerven, durch den kleinen botanischen Garten, der am südlichen, dem Eingang entgegengesetzten Ende der Anlage angelegt war, schlenderte. In der Mitte des Botanicums sollte der See mit dem Open-Air Restaurant liegen. Ich fühlte mich hungrig.

Mein Chicken Curry war als dritter Gang serviert worden. Es hatte köstlich geschmeckt mit einer eher touristischen Schärfe und ich spürte auch jetzt noch, vor dem Kaffee, den Geschmack von Kokosnußbutter, Limonengras und Curry auf der Zunge und in meinem Hals. Fast zu schade um diesen Geschmack durch Kaffee zu verändern, dachte ich. Aber ich hatte es mir zur Gewohnheit gemacht, nach einem Essen – allerdings nur im Ausland – zum Abschluß Kaffee zu trinken. Ich sagte mir, daß das gut für den Magen sei, wobei wahrscheinlich genau das Gegenteil der Fall war. Ich genoß den Blick auf die bunten Kraniche, die in dem knietiefen See umherstakten, um mit ihren Schnäbeln möglicherweise einen unachtsamen Frosch zu fangen und dann genüßlich zu verspeisen. Wie ich bis jetzt festgestellt hatte, war ihre Erfolgsquote jedoch gleich null. Nur dann und wann wurde mein Blick abgelenkt, wenn die ältere der beiden Bedienungen in die Nähe meines Tisches kam. Sie mochte ungefähr dreissig gewesen sein, wenn sich dies überhaupt bei einer Thai so genau schätzen ließ und sprach, wie ich mitbekommen hatte, obwohl sie nicht für meinen Tisch zuständig war, ein sehr gutes Englisch. Sie hatte diese exotische Schönheit die mich immer fasziniert hatte. Eine weniger zierliche Figur als andere einheimische Mädchen, aber doch die gleichen anmutigen Bewegungen. Ihr schwarzer Zopf wurde von einem braunen Lederband gehalten, das es an jeder Ecke für 15 Baht gab. Ich überlegte ob ich sie ansprechen sollte, verschob den Gedanken aber auf eine spätere Zeit. Erst wollte ich bezahlen und mir dann den Mensch-Krokodil Kampf ansehen.

Die Arena in der das Spektakel stattfinden sollte, lag in der Nähe des Eingangs und war zur Hälfte gefüllt, als ich mir einen Platz mit guter Sicht in einer oberen Reihe suchte. Links neben mir saß eine Mutter mit ihrem Sohn. Wahrscheinlich Deutsche vermutete ich, ohne weitere Anhaltspunkte dafür zu haben. Gewißheit über diese Tatsache bekam ich erst, als der ca. Zehnjährige seine Mutter lautstark aufforderte ihm Geld zu geben, um noch schnell vor dem Kampf ein Eis zu kaufen. Die Mutter ließ sich überreden und der Kleine verschwand.

Das Bassin unten vor uns maß ungefähr eine Fläche von 8 mal 5 Metern bei einer ungefähren Wasserhöhe zwischen 1m und 1.50 m. Noch war das Becken leer, jeden Moment mußte es aber losgehen. Es war kurz vor 18.oo Uhr und somit war es die letzte Vorstellung für heute, wie draußen angekündigt war. Ein Gong ertönte und aus einer Metalltür erschien ein Mann mit Mikrofon, der sich am Beckenrand aufbaute, so daß er von jedem Platz aus gut zu sehen war. Jetzt kam der Junge mit dem Eis wieder. Gerade rechtzeitig um ja nichts zu verpassen.

Das kabellose Mikrofon brummte, als der alte Mann in es hineinsprach und nach einer kurzen Begrüßung zu erzählen begann, was wir gleich mit eigenen Augen sehen sollten. Insbesondere wies er auf den Mut des Kämpfers und die mit dem Kampf verbundenen erheblichen Gefahren hin. Ich hörte nur halb zu und dachte noch einmal an die Bedienung aus dem Seerestaurant. Ich würde nicht zurückgehen, sie nicht ansprechen, sagte ich mir. Sie wurde sicher schon genug belästigt und ich wollte nicht zu denen gehören die glaubten, jedes Mädchen in diesem Land deshalb bekommen zu können, weil man vermögender als die einheimischen Männer war, wobei ich diesen Gedanken innerlich sowieso verachtete.

Ein Kennenlernen sollte auf einer anderen, einer gleichberechtigten Ebene erfolgen, wenn überhaupt, befand ich, als der alte Mann abtrat und eine theatralische Melodie den Einzug der ‚Gladiatoren‘ ankündigte.

In der Wand öffnete sich ein unter der Wasseroberfläche liegendes Metalltor.

Der schwarze Schatten, der sich in Richtung Beckenmitte bewegte, mußte ein Reptil aus einem der Schaugehege sein. Auf jeden Fall handelte es sich um ein Tier von noch nicht ganz ausgewachsener Größe. Ich schätzte die Länge auf 2,5o Meter. Im nächsten Moment öffnete sich erneut die Tür, durch die auch der Conférencier gekommen war und ein eher dicklich als kräftig wirkender Thai betrat die Ebene am Becken. Er trug nur eine Art Schwimmhose aus imitiertem Krokodilsleder die ihm fast bis zu den Knien reichte. Er sah nicht wie ein typischer Thailänder aus, sondern schien eher chinesischer Abstammung zu sein. Wenn man durch Bangkok streift, sieht man eine Vielzahl Menschen verschiedener Herkunft. Viele asiatische Völker sind vertreten und man braucht ein bißchen Erfahrung um zu wissen, wer aus Laos, China oder Indien kommt. Vielfach haben die Rassen sich vermischt und eine eindeutige Einstufung in einen bestimmten Typ ist ohnehin nicht mehr möglich. Der Kurzbesucher, so war ich mir sicher, würde nach seiner Rückkehr erzählen, daß viele Thais wie Chinesen oder Japaner aussahen, da er den typischen Thai nicht kennengelernt hatte. Wie fast in jeder Großstadt der Welt gibt es auch in Bangkok in der Nähe des Hauptbahnhofs eine Chinatown mit engen Gassen, unzähligen Läden mit allerlei Kuriosem und zahlreichen Garküchen. Hier sah ein Großteil der Bewohner chinesisch aus, auch wenn sie einen thailändischen Paß hatten. Der chinesische Einfluß ist hier besonders stark zu spüren. Einige Male hatte ich mich in der verwirrenden Enge und Lebendigkeit Chinatowns verlaufen. Ich nahm dann das nächstbeste Taxi oder eine Motorrikscha und ließ mich zu einem Punkt fahren, an dem ich mich wieder auskannte.

Wieder ertönte ein Gong. Der Mann verbeugte sich und sprang dann ins Wasser, ohne dabei das Krokodil aus den Augen zu lassen. Bevor er untertauchte konnte ich auf seinem Rücken noch mehrere längliche vielleicht Einzentimeter breite Narben erkennen. Ich vermutete, daß diese von seinen Schaukämpfen stammen mußten. Ich hoffte, daß sich die damit verbundenen Schmerzen und die sicherlich immer gegenwärtige Gefahr zumindest in einem guten Gehalt widerspiegelten. Dies war durchaus möglich, da die Gewinnspannen überall dort, wo Touristen waren, hoch genug waren, um die üblichen geringen Gehälter anzuheben. Dann und wann wurde auch ein Teil des Gewinns an die Mitarbeiter weitergegeben. Meistens wurde allerdings nur der Unternehmer reich. Seine Angestellten bekamen oft nur den Mindestmonatslohn von 4000 Baht, umgerechnet ca. 140 Euro im Monat. Anders als in Deutschland gibt es in Thailand eine kleine reiche Oberschicht sowie eine riesige Unterschicht, die als arm zu bezeichnenden Normalbürger. Eine solide Mittelschicht mit mittlerem Einkommen wie bei uns, läßt sich in Thailand nicht finden.

Ich überlegte gerade, ob ich dem Mann später ein Trinkgeld zustecken sollte, als der Kämpfer und das Krokodil das erste Mal aufeinandertrafen. Es war erkennbar, daß es mehr der Chinese war, der sich auf das Tier stürzte als umgekehrt. Das Tier hatte wahrscheinlich auch wesentlich weniger Interesse an einem Kampf, als der vernarbte Mann, der ja den Zuschauern etwas bieten mußte. Auch war anzunehmen, daß das Krokodil gefüttert und satt war, um es träger und auch ungefährlicher für den Kämpfer zu machen. Dies bedeutete andererseits aber auch, daß das Krokodil, das ohnehin sehr viel Ruhephasen brauchte, ein wenig phlegmatisch war und somit von dem Chinesen selbst angegriffen werden mußte, damit es überhaupt zu so etwas ähnlichem wie einem Kampf kam.

Wenn ich von diesem Ereignis so nüchtern erzähle, möchte ich damit nur aufzeigen, daß man hier keinen Kampf auf Leben und Tod sehen konnte, sondern mehr einen inszenierten Schaukampf, der allerdings für den Menschen, allein bei dem Gewicht und den großen scharfen Zähnen des Amphibientiers, auch so gefährlich genug war, ohne daß nun wirklich eine Tötungs- oder Verletzungsabsicht bei dem Krokodil vorhanden gewesen sein mußte.

Der Chinese umgriff jetzt wieder das Tier von hinten und schleuderte es so gut es ging herum, so daß beide, scheinbar aneinanderklebend, für eine Sekunde unter Wasser versanken, wobei sie so auf das Wasser klatschten, daß einige Tropfen bis zur fünften Reihe spritzten. Einige Kinder und Mütter schrien immer wieder auf. Ob sie schrien, weil sie einen scheinbar blutrünstigen Kampf sahen oder weil sie naß wurden, konnte ich nicht genau sagen. Immer wieder mußte der Mann in der Krokodilshose das Tier aufscheuchen oder ihm hinterher jagen, damit es zu Kampfszenen kam. Das Kind neben mir hatte mittlerweile zum zweiten Mal sein Eis fallen lassen, worauf die Mutter ihm verbot es weiter zu essen. Als sich ihre Aufmerksamkeit wieder dem Geschehen im Becken zuwendete, stach er mit seinem rechten Zeigefinger in das Eis und leckte den Finger ab. Immer wieder ließen Mensch und Tier sich nun auf das Wasser fallen und einem gerade hinzugekommenen Beobachter hätte es so erscheinen mögen, als ob der

Chinese dringend Hilfe nötig gehabt hätte um nicht in Stücke gerissen zu werden. Eine wirklich lauernde Gefahr für den Mann war aber augenscheinlich der lange dicke Schwanz des Krokodils. Vor diesem schien sich der Chinese wirklich in acht zu nehmen und nach dem was ich laienhaft wußte, war dies auch wirklich wichtig, denn ein Schlag des Tieres, auch wenn er unbeabsichtigt traf, konnten einem Menschen alle Knochen brechen und ihn sogar töten.

Da das Tier nicht wirklich zubiß, versuchte der Kämpfer hauptsächlich den peitschenden Schwanzschlägen auszuweichen, was ihm, scheinbar durch viel Erfahrung, auch gut gelang.

Nach einer Viertelstunde ertönte eine nunmehr sanfte Melodie und die Unterwasserschiebetür öffnete sich und das Krokodil schwamm aus dem Becken zurück in seine gewohnte Behausung. Der Chinese stemmte sich aus dem Wasser und verbeugte sich dann triefendnaß vor uns, ohne dabei einen besonders interessierten Gesichtsausdruck zu machen. »Kein Wunder bei der vierten und letzten Show am heutigen Tag«, dachte ich. Als er die Arena verließ, kam noch einmal der kleine Mann der die Ansage gemacht hatte. Mit dem Mikrofon in der Hand bedankte er sich für die Aufmerksamkeit von uns, den Zuschauern, machte darauf aufmerksam, daß der Park in einer Stunde schloß und gab seiner Hoffnung Ausdruck, daß alle Besucher einen schönen Tag gehabt hätten und herzlich eingeladen seien wiederzukommen. Mit einem thailändischen Gruß verabschiedete er uns und ging durch die Metalltür hinaus.

Ich mußte warten, bis der Junge und seine Mutter endlich ihre Tasche aufgenommen hatten und aufgestanden waren, bis ich die Tribüne verlassen konnte.

Ich hatte im Schatten gesessen. Nun brannte die Sonne wieder heiß in mein Gesicht. Ich ging zu einem nahen Getränkestand und kaufte mir eine Kokosnuß. Der Verkäufer hieb geschickt mit einer Machete den Kopf ab, steckte einen Strohhalm in die Öffnung und gab mir die Erfrischung. Anders als ich es von Weihnachten aus Deutschland kannte, waren die hier angebotenen Kokosnüsse nicht zum Essen – ich liebe Kokosnußfleisch – sondern nur als Getränk gedacht. Die Milch war gekühlt und schmeckte himmlisch. Zumindest dachte ich dies, nachdem ich die Show gesehen hatte und der Durst durch die trockene Luft zu groß geworden war. Ich sog gierig an dem Strohhalm und entfernte mich dabei ziellos von der Arena. An mir vorbei strömten Gruppen von Touristen in die entgegengesetzte Richtung, wohl dem Ausgang zu. Ich hatte es nicht eilig. Die Busse fuhren alle halbe Stunde wieder nach Bangkok zum östlichen Busbahnhof, bei dem man dann umsteigen oder ein Taxi oder Tuk Tuk zu seinem Zielort nehmen konnte. Ich nahm meist ein Tuk Tuk. Zum einen waren diese offenen dreirädrigen Motorrikschas billiger als Taxis, zum anderen war man nicht von Blech umringt und an der frischen Luft. Für mich war so eine Fahrt, wenn sie auch täglich stattfand, doch immer etwas besonderes. Vor Fahrtbeginn hieß es um den Fahrpreis zu handeln. Der Fahrer nannte eine Summe, die ein Tourist meist akzeptierte, bis er später herausfand, daß in Thailand die Preise nicht fest sind und man immer zumindest den 2 bis 3-fachen Normalpreis bezahlte, wenn man das Angebot des Fahrers sofort annahm. Bei der Fahrt genoß ich die Luft, die immer voller anderer, in Deutschland unbekannter Gerüche, -zugegebenermaßen auch vieler Abgase- war und auch die Geräusche und das Stimmengewirr auf der Straße. Etwas das zu dieser Stadt gehörte und was ich jeden Tag neu in mich aufnehmen wollte. Die Taxis waren dagegen eine Art Oase um gerade diesen beschriebenen Gerüchen und dem Lärm zu entkommen. Die Aircondition war in jedem Wagen voll aufgedreht und meist spielte das Radio bzw. der Kassettenrecorder mehr oder weniger aufdringliche thailändische oder internationale Popmusik. Genau das richtige für Fahrten zum Flughafen, weniger aber für die Entdeckungstouren in der Stadt.

Vom Busbahnhof dauerte die Fahrt zu meinem Apartment in der Sukkhumvit Soi 22 je nach Verkehr zwischen 10 und 15 Minuten und kostete kaum mehr als 4o Baht. Die Sukkhumvit Road ist eine der größten und bekanntesten Straßen in Bangkok, an der sehr viele internationale Hotels und verschiedene Vergnügungslokale zu finden sind. Soi bedeutet, daß es sich um eine Querstraße der Sukkhumvit Road handelt. Die Nummern der Sois erhöhten sich aus der Stadt heraus, wobei auf der linken Seite stadtauswärts die ungeraden und auf der rechten Seite die geraden zu finden sind. Meine Straße war also die ungefähr elfte auf der rechten Seite von der Sukkhumvit abgehende Querstraße. Dieses System machte es einem einfach die Straßen zu finden, insbesondere einem Taxifahrer, der in dieser 6-Millionen-Stadt unmöglich alle Straßen kennen konnte. Ich würde abends in der Soi sam, der dritten Querstraße also, in einem internationalen Hotel auf der Außenterasse zu Abend essen, überlegte ich, als ich die leere Kokosnuß in einen Abfallbehälter warf. Jetzt wollte ich noch ein wenig im Park umherwandern und mich von der jetzt stärker werdenden Ruhe und den exotischen Pflanzen gefangennehmen lassen.

Ein kurzer Signalton riß mich aus meinen Gedanken. Ich erhob mich von der Parkbank auf der ich mich ein bißchen vom Gehen ausgeruht hatte. Das mußte das Zeichen für die nahende Schließung der Anlage sein. Ich ging in die Richtung von der ich annahm dort den Ausgang zu finden. Über 10 Minuten dauerte es bis ich ein Hinweisschild entdeckte auf dem die genaue Richtung zu den Bussen angegeben war, die möglicherweise vor den Parktoren gerade noch auf die letzten Ausländer warteten. Ich traf niemanden mehr auf den Wegen. Ich mußte einer der letzten sein, die sich noch im Park aufhielten. Als ich durch eine dichte Baumreihe ging, glaubte ich eine Abkürzung gefunden zu haben, die mich schneller zum Ausgang führte. Ich ging zügiger. Inzwischen hatte auch schon die Dämmerung eingesetzt und ich wußte, daß es kaum mehr 15 Minuten dauern würde, bis das Land ganz in tiefe Dunkelheit gehüllt war. Dann würde ich aber längst im Bus nach Bangkok sitzen. Nach 50 Metern stieß ich auf eine Mauer, auf der in ca. 2.50 m Höhe Stacheldraht angebracht war. Das mußte die Außenmauer sein. Links mußten die Tore liegen, sagte mir mein Orientierungssinn, der mich selten im Stich ließ. Ich ging an der Mauer in linker Richtung weiter. Plötzlich hörte ich Stimmen vor mir. Endlich jemand den ich fragen konnte. Die Stimmen sprachen Englisch. Nach 20 Metern kam ich wiederum an eine Mauer die mir den Weg versperrte. Dahinter hörte ich Touristen mit einem Thai sprechen.

Am Akzent und den Stimmen erkannte ich, daß es die Amerikaner sein mußten, die mit dem gleichen Bus wie ich gekommen waren. Sie schienen den anderen Mann, der ein Parkwärter sein mußte, nach dem Ausgang zu fragen. Aha, das gleiche Problem wie ich; ich lachte innerlich. Ich erwartete, daß die für mich Unsichtbaren nun eine Wegbeschreibung erhielten, der ich lauschen wollte um danach meinen Weg zu finden, ohne auch offenbaren zu müssen, daß ich mich selbst wie ein Schuljunge verirrt hatte. Zu meiner Überraschung folgte aber in gebrochenem Englisch eine Einladung für die drei Amerikaner, sich die abendliche große Fütterung der Krokodile anzusehen, die eigentlich, wie der Mann ausdrücklich betonte, für den Besucherbetrieb verboten war. Ich hörte die Amerikaner kurz diskutieren und dem Parkwärter für das Angebot, das sie gerne annehmen wollten, danken. Ich selbst hatte einen Moment zu lange überlegt, denn als ich mich zu erkennen geben und fragen wollte, ob ich mir die Fütterung auch ansehen dürfe, hatten die Stimmen sich schon entfernt. Mein Rufen wurde nicht erwidert.

Wieder überlegte ich einen Moment und entschloß mich dann, irgendwie zu der Gruppe zu stoßen um mir das Spektakel der Fütterung der Krokodile nicht entgehen zu lassen. Ich ging um die nächste Ecke, mußte aber feststellen, daß sich nirgendwo eine Öffnung in der Wand, geschweige denn eine Tür befand. Bei meiner Suche entdeckte ich aber ein Mauerstück, das ein wenig abgebröckelt war und von dem der Stacheldraht auf die andere Seite herunterhing. Da ich ein geübter Sportler war, war ich in wenigen Sekunden auf der Mauer und über den Stacheldraht auf den Rasen auf der anderen Seite gesprungen. Wegen der Dunkelheit, die jetzt immer dichter zu werden begann, mußte ich mich beeilen, die anderen zu finden. Ich glaubte ungefähr 30 Meter vor mir schwarze Schatten auf einer Holztreppe zu entdekken, die zu einer Art überdachten hölzernen Gang führte, der über die ganze Wasserfläche, sich immer wieder verzweigend, führte. In dem See mußten die wartenden hungrigen Krokodile sein. Ich folgte den schemenhaften Gestalten in der Hoffnung keinen Ärger zu bekommen, weil ich die Mauer überklettert hatte und mich jetzt auf einem, den Touristen unzugänglichen Gelände befand. Der Gedanke, daß ja auch die Amerikaner hier waren, ließ mich diese Angst jedoch schnell vergessen. Ich erreichte die Treppe. Jetzt hörte ich auch wieder Schritte vor und über mir und Stimmen, die nun allerdings Thailändisch sprachen und auf mich nicht gerade einen freundlichen Eindruck machten. Möglicherweise hatte ein anderer Wärter den ersten gerügt, weil er Touristen zur Fütterung mitgebracht hatte. Ich wußte zu diesem Zeitpunkt noch nicht, daß ich mich irrte und ich hätte sicherlich anders reagiert, wenn ich thailändisch richtig und nicht nur bruchstückhaft hätte verstehen können. So ging ich weiter die Stufen hinauf.

Auf meiner rechten Seite unter mir hörte ich plötzlich ein Platschen.

Meine Augen, die mittlerweile an das Zwielicht gewöhnt waren, ließen mich im Wasser mehrere sich bewegende Leiber mit langen Schwänzen erkennen. Je mehr ich mich konzentrierte, desto mehr entdeckte ich, daß dort nicht nur einige wenige Krokodile waren, sondern das ganze Wasser gefüllt mit Leibern war, die die gleiche Form wie ihre Vettern aus der Urzeit hatten. Ich schätzte, daß es bei der Größe des Sees weit über hundert sein mußten. Mich fröstelte, als ich mir vorstellte, wie es sein mußte, wenn man irgendwo in den Tropen im Urlaub, vielleicht abends an einem Binnengewässer zum Baden ging ohne zu wissen, daß es krokodilverseucht war.

Ich erreichte den oberen Gang. Hoffentlich war nirgendwo ein Loch durch das man hindurchfallen kann, kam es mir mit einem Anflug von schwarzem Humor in den Sinn. Die Stimmen waren nun wieder etwas weiter entfernt. Plötzlich stieß ich an eine hölzerne Pforte, die den weiteren Weg versperrte. Sie war verschlossen. Die Wärter hatten natürlich die Pforte abgeschlossen, da sie mit keinem weiteren Besucher mehr rechneten. Wahrscheinlich hatten sie am anderen Ende des Ganges einen zweiten Ausgang, den sie benutzten, wenn sie Dienstschluß hatten. Ich überlegte, ob ich es auch hier mit herüber – oder außen vorbeiklettern versuchen sollte, verwarf den Gedanken aber, als mir die hungrigen Urtiere unter mir in den Sinn kamen. Sollte ich Abrutschen oder Stürzen, hätte es sich um den letzten Kletterversuch meines Lebens gehandelt. Gerade als ich mich bemerkbar machen wollte, wurden knapp 20 Meter vor mir drei Fackeln angezündet. Die thailändischen Stimmen wurden lauter. Mir war als hörte ich den Versuch eines Schreis, der aber jäh unterdrückt wurde. Und wimmern, ja es klang so, als weinte jemand.

Ich schob meinen Kopf an der Seite der Holztür vorbei, ohne das Gewicht so zu verlagern, daß ich ein Übergewicht nach vorn bekommen konnte, was in dieser Situation ein irreparabler Fehler gewesen wäre.

Durch die Fackeln erhellt konnte ich nun alles genau erkennen. Ich erschrak und konnte nicht wirklich glauben was ich sah. Umringt von 6 Männern in Uniformen der Krokodilfarm, waren die drei Amerikaner mit den Händen auf dem Rücken gefesselt und hatten alle einen Knebel im Mund. Ihre Augen waren vor ungläubigem Entsetzen weit aufgerissen und ihre Gesichter von aufkommender Panik verzerrt. Der junge Mann versuchte sich zu wehren und torkelte nach vorn, wurde aber zurückgestoßen und von zweien der Männer festgehalten. Eine ihm von einem dritten Mann vorgehaltene Machete ließ seine Bewegungen und die der beiden anderen Touristen erstarren. Wußte ich zu diesem Zeitpunkt schon was geschehen würde, was sich für ein Leben lang in mein Gedächtnis einbrennen sollte? Nein, weil es nicht vorstellbar war! Nicht meine schlimmste Phantasie hätte erfinden können, was sich dann abspielte, ohne daß ich eine realistische Möglichkeit hatte einzugreifen, um die folgenden schrecklichen Geschehnisse zu verhindern. Ich hätte eigentlich sofort meinen Kopf zurückziehen und lautlos fliehen müssen, aber ich war wie gebannt, unfähig mich zu bewegen. Ich verfolgte das Geschehen, das sich in dem mystischen Licht der Fackeln abspielte, als säße ich in einem Kino, vor einer großen Leinwand als Zuschauer. Die Männer hielten die Fackeln nun nach unten zum Wasser und warfen aus einem Korb scheinbar kleine Stückchen Fleisch hinunter. Das Wasser begann sich zu

bewegen. Es platschte, zischte, spritzte auf, als sich unzähl-
lige Krokodile auf die Brocken stürzten, um wenigstens
ein kleines Stück davon abzubekommen. Durch die Fak-
keln erhellt konnte ich erkennen, daß sich Leib an Leib
räkelte und die Krokodile sogar übereinander lagen, da es
nicht genug Platz für jedes von ihnen im Wasser zu geben
schien. Die Wasseroberfläche war übersät mit den Angst
einflößenden Riesenechsen und unter der Wasseroberfläche mußten noch dreimal so viele von ihnen sein. Die
drei gefesselten Amerikaner wendeten den Blick von dem
Treiben unter sich ab. Die beiden Mädchen schlossen die
Augen und schienen etwas zu murmeln – vielleicht be-
teten sie – der junge Mann starrte leer auf die hölzernen
Planken unter seinen Füßen.

Die Wärter lachten plötzlich laut auf, nachdem einer
von ihnen etwas mit kühler Stimme gesagt hatte. Zwei
Worte hatte ich verstanden, zwei Worte die mir mit einem Mal klar machten, was die Männer vor hatten.

Farang und *Ah harn*, ‚Ausländer‘ und ‚Futter‘ waren
die beiden Begriffe, die ich trotz meiner geringen Thai-
Kenntnisse übersetzen konnte. Auf einen Schlag wurde
mir bewußt, daß es hier nicht um einen Scherz oder einen
Raubüberfall ging, sondern um die Fütterung, die Fütte-
rung der Krokodile. Eine ganz besondere Fütterung. Die
Krokodile sollten eine lebendige Nachtmahlzeit erhalten.
Ich zitterte und wollte in Panik aufschreien.

Nur weil ich mich damals beherrschen konnte, mein
Schrei lautlos blieb, kann ich heute diese Geschichte
erzählen.

Zwei der Männer übergaben nun ihre Fackeln einem
Kollegen. Dann faßten sie eins der Mädchen an bei-

den Seiten und hoben es an. Das Mädchen versuchte kreischend seine Arme und Beine zu befreien, konnte aber nichts gegen die kräftigen Männer ausrichten. Das andere Mädchen sackte in sich zusammen und kauerte jammernd an der Holzbalustrade. Der Junge hatte seine Gegenwehr aufgegeben, als sich die scharfe Kante einer Machete in seinen Hals bohrte. Die beiden Asiaten verharrten einen Moment mit ihrem Opfer auf der Brüstung und ließen es dann fallen. Das Getöse im Wasser wurde immer infernalischer, je mehr die Bestien sich um ihr Nachtmahl stritten. Das Wasser wurde aufgewühlt und das Leben darin schien erst jetzt in tausendfachen Bewegungen zu erwachen. Dann wurde der Junge von drei Wärtern mit einem Johlen über den Holzzaun geworfen. Noch im kurzen Flug strampelte er so, als hoffte er, dadurch seinem grausigen Schicksal entgehen zu können. Wieder stürzten sich die Leiber übereinander, wälzten sich herum, schlugen mit den schweren Schwänzen nach ihren Nebenbuhlern und rissen mit ihren messerscharfen Zahnreihen Stücke aus dem schreienden Körper. Nur für etwa eine Sekunde blieb der nun verstummte leblose Körper an der Wasseroberfläche, bis er in die dunklen Tiefen hinuntergezogen wurde, um endgültig gefressen zu werden. Mir wurde schlecht. Ich mußte brechen. Die starke Übelkeit holte mich aus meiner Erstarrung zurück.

Ich mußte fliehen, ganz still, ohne daß mich jemand bemerkte. Was sonst passieren würde, wollte ich mir nicht vorstellen. Ich zog meinen Kopf langsam zurück, gerade in dem Moment, als das zweite Mädchen, daß mittlerweile wohl ohnmächtig geworden war, denn es hing wie eine Leiche in den Armen der Wärter, hochgehoben wurde.

Als ich auf der vorletzten Stufe der Holztreppe angekommen war, hörte ich ein drittes Aufklatschen, begleitet von lauten Stimmen und danach die unmenschlich klingenden Geräusche, die jetzt zum dritten Mal vom Wasser heraufkamen. Wilde widerwärtig sich windende gefräßige Leiber im Blutrausch. Ich rannte in der Dunkelheit in die Richtung über den Rasen in der die Mauer sein mußte. Ich stolperte stieß mir dabei die Knie blutig, stand auf und rannte weiter. Ich prallte auf die Mauer, die zu spät aus der Dunkelheit aufgetaucht war und stieß mir dabei die Hände und auch den Kopf an. Als ich hinüberkletterte schnitt sich der Stacheldraht in meine Finger und schlitze meinen rechten Oberschenkel auf. Ich spürte keine Schmerzen. Ich hatte nur den instinktiven Willen diesem Alptraum zu entfliehen und hoffte, daß mich niemand dieser Mörder gehört hatte und mir folgte. Auf der anderen Seite angekommen tastete ich mich links an der Mauer weiter, in der Hoffnung irgendeinen Weg zu finden, der aus dem Park führte. Nach unendlichen Minuten prallte ich wieder auf eine Wand, die ich erneut überkletterte. Diesmal ohne Schwierigkeiten, da man an dieser Stelle keinen Stacheldraht angebracht hatte. Ich hoffte, daß diese Tatsache bedeutete, daß es sich um eine unwichtige Mauer handelte, eine die nicht zur verbotenen Zone gehörte, sondern möglicherweise zur Außenumrandung des Parks.

Hinter den grauen Steinen sah ich endlich einen Lichtschein der von elektrischer Straßenbeleuchtung stammen mußte. Und ich hörte Geräusche – je weiter ich ging – Straßengeräusche, die mich endgültig in die Wirklichkeit zurückholten. Ich lief weiter, auf die Helligkeit, den Lärm und meine Rettung zu. Wieder verstellte mir eine Mauer den Weg. Diesmal sprang ich ohne zu zögern hoch, hielt mich mit den Händen an der Maueroberkante fest, zog mich hoch und sprang. Ich landete in einer unwirklich beleuchteten unbelebten Nebenstraße. Dann lief ich weiter in die Richtung aus der der Lärm kam und in der ich die Hauptstraße vermutete. Ich spürte meine Verletzungen nicht, auch nicht als ich ein Taxi stoppte, meine Adresse nannte und mich auf die hintere Sitzbank fallen ließ. Der Fahrer schaute zwar etwas verwundert, als er sah, wie zerschunden ich war, vertraute aber aus seinen Erfahrungen heraus wohl darauf, daß ein *Farang*, auch wenn er nicht gut gekleidet war, doch trotzdem reich war und gutes Geld zahlen konnte.

Ich war eingeschlafen als der Taxifahrer mich ansprach und mir bedeutete, daß wir an der genannten Adresse angekommen waren. Ich gab ihm ein großzügiges Trinkgeld und bedankte mich. Der Taxifahrer lächelte, stieg in sein Taxi und brauste davon um andere *farangs* zu finden, von denen er ein erhöhtes Fahrtgeld verlangen konnte. Glücklicherweise traf ich niemanden, als ich zu meinem Apartment hinaufschlich. Ich schloß die Tür auf und ließ mich auf das große Doppelbett fallen. Nach 10 Minuten stand ich auf und desinfizierte meine Wunden mit Kodan, daß ich auf Reisen immer dabei hatte und verband sie dann. Dann holte ich eine Flasche Ballantines aus meinem Kühlschrank, setze mich auf meine kleine Terrasse und trank, bis ich zu müde wurde um zu denken.

Ich wachte schweißgebadet auf. Die Sonne stand bereits hoch. Ich hatte diese Nacht vergessen die Klimaanlage einzuschalten, was in heißen Nächten eigentlich dazu führte, daß man nicht schlafen konnte. Die vergangene Nacht war da allerdings anders gewesen. Der Körper hatte sich den Schlaf geholt um sich nicht mit Gedanken und Erinnerungen zu quälen, die zu nichts führen konnten. Ich duschte kalt. Erst jetzt kamen die Bilder von gestern zurück und es dauerte einige Sekunden, bis ich den Gedanken, schlecht geträumt zu haben, abgeschüttelt hatte und mir bewußt wurde, was ich erlebt hatte. So unglaublich und nah alles gewesen war, so weit schien es jetzt hier in dem kleinen Restaurant an der Sukkhumvit, wo ich frühstücken und nachdenken wollte, entfernt zu sein. An diesem Morgen entstand der Entschluß nicht zur Polizei zu gehen. Ich hielt es für zu gefährlich. Leicht konnte man mich belangen für etwas was ich nicht getan hatte. Ich kannte mittlerweile die thailändische Polizei und Justiz ein wenig um einschätzen zu können, daß die Meldung meiner Erlebnisse bei offiziellen Stellen ein Risiko für mich barg. Wenn die Behörden die Sache nicht sofort aufklären konnten, suchten sie schnell nach einem leicht zu findenden Schuldigen, der, wenn auch keinen Mord, so doch andere Gesetzesübertretungen begangen hat. Verstöße gegen die Parkordnung und anderes. Und befand man sich erst einmal in den Mühlen der Justiz, war es schwer, schon wegen oftmals fehlender Verständigungs- und Verteidigungsmöglichkeiten, unbeschadet aus ihnen hervorzugehen. Anders als in Deutschland dachte ich, doch mit einigen Vorurteilen behaftet.

Am folgenden Tag buchte ich eine Maschine nach Hongkong und verließ Bangkok für 10 Tage. Um mir China anzuschauen und um zu vergessen.

Dann *lebte* ich weiter in der Hauptstadt Thailands, bis ich wieder nach Deutschland mußte. Die Zeit war niemals mehr so leicht und unbeschwert wie sie in den Tagen nach meiner ersten Ankunft in der thailändischen Hauptstadt war, aber ich schaffte es mehr und mehr durch viele Badeausflüge und Erkundigunggsreisen in Nachbarländer und auf Palmeninseln meine Erlebnisse zu verdrängen. Dadurch hielt ich die Zeit in Bangkok durch und genoß sogar viele Tage noch.

Heute ist alles nur Erinnerung. Etwas was ich nie vergessen kann und werde. Nach dem Buch eines berühmten Psychologen soll es helfen, wenn man über seine alptraumhaften Erlebnisse spricht oder sie aufschreibt. Nur dann sei es möglich sie zu verarbeiten und darüber hinwegzukommen. Ich habe mit dieser Geschichte die zweite Variante gewählt und fühle mich bereits ein wenig befreiter. Verschwinden werden die Bilder aber sicherlich nie ganz aus meinem Leben. Nur der Schleier der Zeit wird in der Lage sein, eine lebensnotwendige Distanz zwischen mir und dieser Geschichte aufzubauen. Ich hoffe, daß der Leser diese Distanz selbst bewahrt um nicht das Grauen, das mich heute noch manchmal überkommt, am eigenen Leibe verspüren zu müssen.

Ach ja, noch ein Tip: Sollte es Sie mal nach Bangkok verschlagen, gehen Sie in die Orchideenfarm oder den botanischen Garten. Da ist es wunderhübsch, und .... Blumen beißen nicht.

Das Apartment

Das Apartment war anders. Es hatte zwar die übliche Größe von knapp 40 Quadratmetern, eine kleine, um nicht zu sagen winzige Küche, einen schmalen Flur und das übliche enge Bad. Auch einen Alibi-Balkon hatten die Erbauer an die Fassade im 1.Stock geklebt. Nein dieses ‚anders' bezog sich auf etwas im Wohnraum selbst, etwas, was es gewöhnlich darin nicht gab. Dion hatte dieses ‚etwas' allerdings in Kauf genommen, da er kurzfristig eine Unterkunft brauchte und froh war überhaupt ein Dach über dem Kopf bekommen zu haben, das er zum einen bezahlen konnte und zum anderen keine dieser Bruchbuden war, die regelmäßig frei wurden und auf den Vermietungsmarkt kamen.

Dion schaute sich immer wieder diesen metallenen Pfosten an, der in der Mitte des Raums stand und aussah wie ein eiserner ein Meter hoher ‚Mensch Ärgere Dich Nicht-Stein'. Etwas ähnliches verwendete man im Straßenverkehr, um Straßen beispielsweise von Plätzen abzutrennen, damit es für Autofahrer keine Möglichkeit gab, mit dem Wagen auf die abgetrennte Fläche zu fahren, um dort zu parken. Ja, dachte er, es sieht aus wie eine Art halbhoher Begrenzungspfeiler. Merkwürdig war aber auch, daß der Pfosten ungefähr die Mitte eines quadratischen Ausschnitts des Bodens markierte. Am Rande dieses Vierecks war ein kleiner Knauf angebracht, so daß man meinen konnte, es handele sich um eine Öffnung zu einem darunter liegenden Keller, eine Art Falltür, die man nach oben öffnen könnte.

Das merkwürdige an dieser Tatsache war allerdings, daß Dion zwar in den 1. Stock gezogen war, sich unter seiner Wohnung aber keine andere Wohneinheit befand, sondern eine Durchfahrt in einen großen zum Wald hin offenen Hof. Sein Apartment stand somit wie auf Stelzen, was ihm eigentlich ganz angenehm war, da er oft laut Musik hörte und nichts mehr haßte, als sich beschwerende Nachbarn.

Da er erst vor zwei Tagen eingezogen war, stapelten sich noch Umzugskartons um ihn herum und er hatte einige Mühe sich von einer Ecke des Zimmers in die andere zu bewegen. Natürlich hatte er mit dem Makler über das seltsame Ding gesprochen, aber auch dieser konnte sich sein Vorhandensein nicht erklären und vermutete, daß der Innenarchitekt oder zumindest der Eigentümer, den er selbst nie kennengelert hatte, ziemlich exzentrisch war. Dion bezahlte die Miete im voraus und er würde sie auch weiterhin auf das Konto des unbekannten Vermieters bezahlen und nichts war ihm lieber, als daß alles lautlos seinen Gang ging und er nie einen Grund hatte, mit seinem Vermieter in Kontakt treten zu müssen. Wie er aus seinen früheren Mietverhältnissen in der Stadt in der er gelebt hatte wußte, war Anonymität in dieser Beziehung immer vorzuziehen, da sie regelmäßig weniger Ärger bedeutete.

Wie auch am Abend zuvor, sah Dion sich wieder und wieder die braunen Kartons an und überlegte, ob er überhaupt alle auspacken sollte, oder nicht lieber einige davon ungeöffnet in den kleinen Kellerraum, der zu seiner Wohnung gehörte, stellen sollte.

Nach einigem hin und her in seinem Kopf entschied er sich für die Zwischenlagerung in dem zum Apartment gehörenden Kellerabteil. Obwohl er den Raum noch nicht gesehen hatte, glaubte er, daß er ihn problemlos finden würde.

Der Fahrstuhl surrte und quietschte, wie es viele nicht mehr ganz neue taten, als er sich in das tiefste Geschoß des Hauses hinabbewegte. Der Aufzug stoppte und es dauerte einen Augenblick, bis sich die Tür öffnete und Dion die drei Kartons, die er fürs erste loswerden wollte, ausladen konnte. Nachdem er die schwarze Metalltür mit dem Universalschlüssel geöffnet und den Lichtschalter betätigt hatte, suchte Dion mit einer Kiste in den Armen, nach dem Holzverschlag auf dem die Nummer 31 stand. Zu seinem Ärger begannen am Anfang des nur spärlich beleuchteten Ganges die niedrigeren Ziffern, was für ihn nur ein Mehr an Schlepperei bedeutete. Auf beiden Seiten reihten sich Kellerabteile an Kellerabteile und er konnte dann und wann erkennen, was seine Mitbewohner in diesem unwirtlichen Teil des Hauses eingelagert hatten. Meist waren es alte Möbel, die eigentlich auf den Sperrmüll gehört hätten, von denen sich die Besitzer aber nicht trennen konnten, weil sie glaubten, sie noch irgendwann gebrauchen zu können. Was sie aber niemals taten. Erst wenn sie wieder einmal umzogen und ihr verstecktes Hab und Gut durchforsteten, sahen sie diese Gegenstände wieder und beschlossen, sie einfach dort wo sie waren stehenzulassen. Das ersparte ihnen die ‚Entsorgung‘ und vielleicht konnte es ja jemand gebrauchen, was natürlich auch nie der Fall war. Meist waren es der Hausmeister oder der Nachmieter, die die Sachen dann irgendwie wegfahren mußten, sei es zu einer Mülldeponie, oder, bei noch gebrauchsfähigen Dingen, zum Flohmarkt, der Kirche oder der Arbeiterwohlfahrt.

Während Dion noch darüber nachdachte, was sich so im Laufe der Zeit bei sich und seinen Mitmenschen ansammelte, stand er plötzlich und unerwartet vor einer Lattenholztür auf der eine kleine schwarze Tafel mit weißen Ziffern die Nummer 31 anzeigte. Dion war deshalb überrascht, weil der vorherige Verschlag die Ziffer 25 trug und aus irgendeinem unerfindlichen Grund danach die 31 kam und die Nummern davor einfach ausgelassen worden waren. Da er sich nun am Ende des grau getünchten Ganges befand, konnte es die fehlenden Kellerräume mit den Nummern 26 bis 30 auch nirgendwo anders geben.

Dion öffnete die Tür, die unverschlossen war und sah im Halbdunkel, daß bis auf ein kleines dunkelrotes Kästchen, das in seiner entlegensten Stelle in einer Ecke stand, der Keller leer war. Er war über diese Tatsache erleichtert, da er befürchtet hatte, erst einmal Aufräumarbeiten vornehmen zu müssen.

Er stellte die erste Kiste ab und holte dann die nächsten. Als alle drei verstaut waren, sah er noch einmal auf das rote Holzkästchen und beschloß, statt es diese Nacht noch fortzubringen, es sich für die nächsten Tage aufzuheben, da er bereits müde war und sich endlich in sein gemütliches französisches Bett legen wollte, aus dem er vor dem späten nächsten Morgen nicht mehr gedachte aufzustehen.

Er ließ die Jalousien halb herunter, so daß noch ein wenig Licht in sein Zimmer dringen konnte und legte sich dann nackt unter die wärmende Decke, die er sich bis unter sein Kinn zog. Und dann fiel er in einen tiefen gnadenlosen Schlaf, voller Erlebnisse in seinem Unterbewußtsein, die ihm, ohne daß er es merkte, Schweißperlen auf die Stirn trieben.

Ein lautes Geräusch ließ ihn hochfahren. Er wußte nicht was es gewesen sein konnte, nur mußte es laut genug gewesen sein, ihn aus einem Schlaf zu holen, der sehr fest gewesen sein mußte, denn Dion war ganz benommen, als er sich im Bett aufsetzte. Er blickte um sich und wußte zuerst nicht wo er war. Erst als er den Pfeiler entdeckte, wurde ihm klar, daß er sich in seiner neuen Wohnung befand und dann fiel ihm ein, daß er sich am kommenden Morgen mit dem Chef seiner neuen Firma zu einem Frühstück verabredet hatte. Dr. Fenner hatte ihn darum gebeten, damit beide das neue ,Projekt', an dem er maßgeblich mitarbeiten sollte, besprechen und sie sich schon ein wenig kennen lernen konnten. Dion überlegte, ob er Dr. Fenner mit seinen Ausarbeitungen, die er bereits fertiggestellt hatte, beeindrucken konnte.

Er hatte, kurz nachdem er den Brief, in dem ihm mitgeteilt worden war, daß er die Stelle auf die er sich beworben hatte bekommen hatte, mit theoretischen Vorarbeiten zu dem neuen Projekt begonnen. Er hatte eine Mappe angelegt und wollte sie Dr. Fenner gleich beim ersten Gespräch übergeben.

Als er nach einigen Minuten ganz wach war, fiel ihm ein, daß er vergessen hatte die Mappe für das Gespräch bereit zu legen. Er schaltete das Licht an seiner provisorischen Nachttischlampe an und stand auf.

Da er sich nicht mehr erinnern konnte, wo er die Mappe hingetan hatte, durchstöberte er einige Zeit die

Kartons und Kisten in seinem Zimmer, ohne allerdings fündig zu werden.

Er setzte sich auf sein Bett und dachte nach. Es gab eigentlich nur zwei Möglichkeiten, wo sie sein konnte. Entweder hatte er sie im Auto liegenlassen, oder sie war in einem der Kartons im Keller.

Da es ihm lieber war zu wissen, daß die Mappe in der Nähe war, um sie für die am nächsten Tag stattfindende wichtige Besprechung griffbereit zu haben, entschloß er sich trotz der späten Stunde, sie jetzt noch zu holen. Er wollte nicht riskieren, Dr. Fenner am nächsten Tag mit leeren Händen gegenüberzustehen.

Er zog sich nur seinen beigen Trenchcoat über, denn er glaubte nicht, um 4.00 Uhr früh noch irgendeine menschliche Seele im Haus anzutreffen, die sich über seinen wunderlichen Aufzug würde wundern können.

Als er in Hausschuhen die Tür seines Apartments schloß, wechselte die Anzeige seines rot leuchtenden Digitalweckers der auf 7.00 Uhr Alarmzeit eingestellt war, gerade von 4.12 Uhr auf 4.13 Uhr.

Er beschloß, der Einfachheit halber, zuerst in seinem Wagen nachzusehen.

Sein kleines Peugeot-Cabrio stand einsam in der hinteren westlichen Ecke auf der Parkfläche vor dem Haus. Nur auf der am anderen Ende gelegenen Seite stand ein zweites Fahrzeug, daß er auf den ersten Blick für eine Jaguar-Limousine hielt.

Er öffnete die Fahrertür seines Wagens und beugte sich ins Fahrzeuginnere. In diesem Moment ertönte ein lautes langgezogenes Heulen aus der Richtung in der der vom Dunkel umhüllte Wald lag. Vor Schreck stieß Dion mit dem Kopf an das tiefliegende Top des Cabrios. Er rieb sich die Stirn, die eigentlich gar nicht schmerzte und horchte, ob sich das Heulen wiederholen würde. Aber nichts geschah. Er konnte sich das Geräusch zwar nicht erklären, gab sich dann aber mit dem Gedanken, es habe sich um einen Schäferhund auf einem nahe gelegenen Grundstück gehandelt, zufrieden.

Nachdem er im Wagen nichts gefunden hatte, verschloß er die Tür, drehte sich noch einmal zum Wald, als erwartete er, das Heulen würde doch noch einmal ertönen, und ging dann, ohne daß etwas geschah, wieder ins Haus zurück.

Diesmal nahm er nicht den Lift um in den Keller zu gelangen, sondern die Treppe. Nach genau 11 Stufen stand er vor der Kellertür, die verschlossen war. Die Metalltür öffnete sich erst, nachdem er den Schlüssel zweimal umgedreht hatte. Ihn wunderte diese Vorsichtsmaßnahme des Mieters, der die Tür zuletzt benutzt hatte. Einmal abschließen sollte doch auch reichen, zumal sich im Keller nun wohl nicht gerade Reichtümer verbargen, überlegte er. Vielleicht war es auch nur aus Gewohnheit geschehen. Irgend jemand hatte wohl gewohnheitsmäßig den Schlüssel nochmals beim Abschließen gedreht, weil er es bei seiner Wohnungstür genauso tat.

Dion knipste das schwache Licht an und ging wie schon das erste Mal den grauen Gang entlang, um an dessen Ende zu seinem Abteil zu gelangen. Jeder andere hätte den Keller zu dieser Zeit und in diesem Licht für unheimlich gehalten, Dion dachte jedoch nur an die Mappe, die er auf jeden Fall am Morgen vorlegen wollte und kümmerte sich deshalb nicht um die gespenstische

Atmosphäre in diesem unwohnlichsten Teil des Hauses.

Gerade als er vor seinem Abteil stand und das kleine Vorhängeschloß öffnen wollte, hörte er eine tiefe Stimme hinter sich. Er erschrak so, daß er fast die Schlüssel fallengelassen hätte. »'Nen guten Abend wünsche ich, ich hab' Sie doch hoffentlich nicht erschreckt.« Dion drehte sich um und sah einen hünenhaften Mann in mittlerem Alter vor sich. Der Mann lächelte Dion an. »Doch das kann man wohl sagen«, gab Dion zurück. »Ich hatte nicht erwartet zu dieser Uhrzeit hier unten noch jemanden anzutreffen.«

»Das mag tatsächlich ungewöhnlich, aber doch nicht ausgeschlossen erscheinen«, entgegnete die dunkle Gestalt. Dion war nun aufgefallen, daß der Mann in einem perfekt sitzenden schwarzen Anzug steckte und einen weißen Schal um den Hals trug, wie man ihn wohl nach allgemeiner Vorstellung bei einem Opernsänger erwartete. Eine merkwürdige Ausstaffierung dachte er sich, aber der Mann mochte gerade von einer Party oder einem exquisiten Nachtklub gekommen sein. Aber was suchte er dann jetzt im Keller? »Was treibt Sie so spät noch in diese unwirtliche Gegend?« fragte Dion in einem humorvollen Ton. »Ich für meinen Teil bin gerade hierhergezogen und habe blöderweise etwas wichtiges in mein Kellerabteil gestellt, anstatt es in mein Apartment zu bringen. Na ja und dann muß man eben zu nachtschlafender Zeit hier herumstöbern.« »Mein Grund sind Sie«, entgegnete der Hüne, wobei sich seine Mundwinkel spöttisch verzogen. »Sie müssen mir einen Gefallen tun!« »Wieso ich, wir kennen uns doch gar nicht, oder doch …?«

»Sie kennen mich nicht, ich habe Sie aber bereits beim Einzug gesehen. Verzeihung, mein Name ist Utarefson, ich habe mich noch nicht vorgestellt.« »Delmont, Dion Delmont, wohnen Sie auch hier?« »Sagen wir mal, ich wohnte – aber nun zu dem kleinen Gefallen. In Ihrem Kellerabteil müßte etwas sein was mir gehört und was ich seinerzeit hier vergessen habe. Eine Art Kiste, haben Sie sie gefunden?« Er unterstrich diese Frage mit dem Hochziehen seiner buschigen schwarzen Augenbrauen. »Ach ja, die, die ist mir gleich aufgefallen, als ich meine Kartons abgestellt habe – was ist denn so wichtiges drin, daß es nicht bis morgen Zeit gehabt hätte?« Utarefson schaute ernst. »Nichts besonders wichtiges, einige persönliche Sachen, ich sah Sie nur beim Heimkommen zufällig in den Keller gehen und ich dachte, dann brauche ich Sie nicht noch einmal morgen zu belästigen.« »Einen ungewöhnlichen Namen haben Sie«, sagte Dion als er den Holzverschlag öffnete, »klingt irgendwie osteuropäisch.« »Usbekisch, meine Familie lebte vor Jahrhunderten in Usbekistan, bei mir ist aber nur der Name übriggeblieben, ansonsten weiß ich von dem Land und seinen Leuten nichts.« Dieser Satz Utarefsons klang irgendwie unnatürlich und einstudiert, dachte Dion, aber wahrscheinlich hatte er diese Erklärung schon zu oft geben müssen. Das rote Kästchen stand unberührt in der Ecke des Abteils. Dion hob es an und stellte fest, daß es für seine Größe, wohl knapp 30 cm auf 30 cm bei einer Höhe von ungefähr 20 cm, extrem schwer war. »Scheint ja Blei oder Zement drin zu sein«, witzelte er und sah zu Utarefson auf. Dieser machte aber weiterhin einen ernsten Gesichtsausdruck und sagte kühl, »Geben Sie es mir bitte!« Obwohl Dion sich über den schroffen Ton in der Stimme seines Gegenübers wunderte, hob er das Kästchen hoch und reichte es Utarefson, der regungslos im Eingang des Abteils gestanden hatte.

Utarefson zuckte fast unmerklich mit seinem linken weit geöffneten Auge, als er seine Arme nach dem Kästchen ausstreckte. Gerade als seine Fingerspitzen das Kästchen berührten, gab es einen heulenden Luftzug, der die Tür des Kellerabteils auf Dions rechte Hand schlug. Vor Schmerz und auch vor Schreck ließ Dion das Kästchen fallen. Es gab ein Geräusch wie es entsteht, wenn Stein auf Stein schlägt, dann rutschte der Deckel des Kästchens zur Seite. »Passen Sie doch auf«, rief Utarefson unfreundlich. Dion aber hörte gar nicht was der Mann in Schwarz sagte, sondern schaute nur auf den jetzt frei liegenden Inhalt des Kästchens. Es waren nur zwei Dinge die Dion sah. Eine dunkelrote Papierrolle, die von einem Band zusammengehalten wurde und ein dreieckiger massiver Stein, in den etwas eingeritzt war. Dion hielt es für eine Art Runenschrift. »Was ist denn das, das sieht mir nicht unbedingt nach persönlichen Sachen aus.« Als Dion sich zu dem anderen umdrehte erschrak er. Utarefson sah nicht mehr aus wie der Mann den er vor fünf Minuten getroffen hatte. Sein Gesicht war jetzt zu einer furchterregenden Maske verzerrt, seine Augen funkelten böse.

»Flowrew«, schrie er und sah dabei in die Richtung des anderen im Dunkeln liegenden Kellerflügels. Ehe Dion begriff, was plötzlich um ihn herum geschah, stürzte sich aus der Dunkelheit ein großes massiges zottiges Tier mit glühenden roten Augen auf ihn.

Dion riß abwehrend die Hände hoch. Durch das auf ihn prallende Gewicht des Tieres wurde er brutal an die Kellerwand zurückgeworfen. Die Krallen des Tieres gruben sich jetzt tief in seine muskulöse Brust und hinterließen blutende klaffende Risse. Dann entblößte die Bestie riesige weiße Fangzähne um sie in den Hals von Dion, der wie paralysiert an der Wand klebte, zu jagen. »Stop«, Utarefson war eingeschritten, »das mache ich.« Jaulend zog sich das geifernde Tier zurück und gab den Weg für seinen Herrn frei. Dion sah durch den Schleier vor seinen Augen, wie Utarefson Speichel aus dem Mund lief, als er seine langen spitzzulaufenden Zähne, die denen der Bestie in Größe und Bedrohlichkeit in nichts nachstanden, freigab. Bereit sie in die Adern Dions zu stoßen, der keuchend auf sein Ende wartete. Er wußte, daß er unrettbar verloren war, wenn er auch nicht begriff, was in dieser Nacht mit ihm passierte.

Dion roch den ekelerregenden Gestank, der von Utarefson kommen mußte, als sich dessen Gestalt über ihn beugte, um ein begonnenes grausiges Werk zu beenden.

Kurz bevor er ohnmächtig wurde, klingelte es in seinen Ohren, ganz weit weg, wie aus einem hinteren Teil des Universums.

Als sein Geist endlich klar wurde und er seinen Kopf drehte, sah er die Leuchtziffern, die 7.02 Uhr anzeigten. Der Klingelton des Weckers machte Pause. Er würde enervierend wiederkommen, wenn Dion nicht innerhalb der nächsten Minute die Alarmstop-Taste drückte. Was für ein Scheißtraum, dachte Dion als er sich im Badezimmerspiegel anschaute.

Sein Gesicht war noch gezeichnet von einer Nacht voll alptraumhafter Phantasien. 15 Minuten später, als er frischgeduscht an seinem kleinen Eßtisch saß und eine Tasse Kaffee trank, begannen die Bilder der Nacht erst langsam zu verblassen.

Oft waren Träume vergessen, sobald man aufgewacht war. Mit diesem Traum erging es Dion anders. Zwar schob die Wirklichkeit das in der Nacht durchlebte zur Seite, die Bilder blieben aber haften und wurden in einem hinteren Teil des Gehirns, der für Alpträume reserviert war abgelegt, bereit, immer dann wieder im Bewußtsein seines Besitzers aufzutauchen, wenn dieser glaubte, alle zu dem Erlebten gehörenden Empfindungen und Schreckensbilder seien aus seinem Geist für immer unwiderruflich gelöscht. Auch Jahre später konnte er sich noch an alle Details der Nachtmahr, die ihn heimgesucht hatte, erinnern. Zwar war auch dann noch so etwas wie ein Grauen vorhanden, das aber niemals mehr die Dimension dieser Nacht und der darauf folgenden Tage erreichte.

Veronique lächelte als sie das Restaurant betrat. Sie war eine Frohnatur und lachte fast immer. Es gab einige schöne Frauen. Veronique aber hatte etwas, was viele andere Frauen nicht hatten – Ausstrahlung. Als sie auf ihn zukam dachte Dion, »was ich so an ihm mag ist ihre unkomplizierte Art, ich hab erst vor 15 Minuten bei ihr angerufen und schon ist sie hier, sie braucht nicht viel Zeit sich zurecht zu machen, sie kommt einfach.«

Er genoß den Begrüßungskuß, den er auf die Wange bekam. Fast hätte er um einen zweiten gebeten, konnte sich den Satz mit der Bitte aber gerade noch verkneifen.

»Schön, daß du Zeit für mich hast, ich habe ein bißchen was zu erzählen«, begann Dion und strich mit seiner rechten Hand über ihr blondes dichtes Haar. »Meinst du, ich laß mir eine Einladung zum Abendessen entgehen?« Veronique lachte wieder. »Einladung? Na gut, Einladung, aber nur eine Vorspeise, mehr kann ich mir heutzutage nicht mehr leisten«, entgegnete Dion mit Leidensmiene. »Was machst du denn mit deinem Geld?« »Ich werde es wohl in psychiatrische Dienste stecken, nach dem was ich gestern erlebt habe.« Sie hob die Augenbrauen, »was hat denn den kleinen Dion so erschreckt?« »Ein fürchterlicher Alptraum.« Und nun erzählte er Veronique von seiner Nacht und davon, wie real alles erschienen war und wie er wirklich geglaubt hatte, sterben zu müssen. Sie hörte nur aufmerksam zu, ließ ihn reden und sprach erst wieder, als er mit der Schilderung seines Traums zu Ende war.

»Hast du vor kurzem eine Gruselgeschichte gelesen oder einen Horrorfilm gesehen?« Sie schaute ihn sanft an.

»Nichts dergleichen«, antwortete er, »vielleicht der Streß des Umzugs, ich weiß auch nicht, jedenfalls läuft's mir sogar jetzt noch eiskalt den Rücken runter, wenn ich davon spreche oder daran denke. Nun Frau Psychiater, was wäre ihr Ratschlag?« »Ich verordne Ihnen, daß sie zumindest einmal pro Woche eine liebe Freundin zum Essen ausfahren müssen, am besten wäre es wohl mit Veronique Ebler. Wenn das nicht hilft, kommen Sie in vier Wochen wieder, dann lassen wir uns etwas anderes einfallen.« Und dann alberten beide weiter, bestellten, aßen und alberten wieder herum. Für Dion war es eins der schönsten Dinge in seinem gegenwärtigen Leben, mit Veronique in so ausgelassener Stimmung zusammen zu sein. Sie hatten nie etwas miteinander gehabt, wenn es sich doch auch einige Male schon fast ergeben hätte. Und er wußte auch nicht, ob es gut wäre, wenn sie tatsächlich eine Beziehung hätten, aber irgendwie war er immer ein wenig in sie verliebt und das allein war schon ein tolles Gefühl.

Als sie Arm in Arm aus dem „Fat Chong" kamen, lachten sie wie Kinder, die dem Lehrer gerade einen Streich gespielt hatten. Und dann erzählte er Veronique noch von seinem ersten Arbeitstag. Es war Zufall gewesen, daß seine hübsche Begleiterin zur gleichen Zeit in der Stadt, in der er einen neuen Job gefunden hatte, auch für zwei Monate zu tun hatte. Sie war Dozentin und gab Kurse in Betriebswissenschaft. Diese Tätigkeit führte sie immer wieder in andere Orte, in denen sie während der Seminarzeit in Hotels wohnte und von montags bis freitags Vorlesungen gab. Und gerade als Dion hierherzog, hatte sie an dem gleichen Ort ein Seminar übernommen. Wenn sie ehrlich war, war es aber gar nicht so zufällig. Sie hatte die Auswahl zwischen fünf Kursorten gehabt und hatte dann Straßberg gewählt, weil sie wußte, daß Dion dorthin ging. Sie hatte ihn sehr gern und sie fand es schade, daß er aus Paris fortgegangen war. Aber sie hatte es verstanden. Oftmals war Abstand nach einer unglücklichen Liebe das Beste.

Immer wieder lenkten sie Gedanken an Paris von der Erzählung Dions ab. Trotzdem wußte sie, als sie an ihrem Hotel ankamen, daß Dions neuer Chef sehr nett und von seiner Idee zum neuen Projekt sehr angetan gewesen war. Das neue Projekt hatte etwas mit Werbung zu tun. Computer und Software, also auch Videospiele, mußten mit einer neuen Kampagne unter die Leute, daß heißt vielmehr unter die Jugendlichen und Computerkids gebracht werden. Da die Konkurrenz sehr groß war, hieß dies, eine neue Idee zu haben, etwas was die anderen nicht hatten. Und Dion war bekannt für seine Phantasie und den damit verbundenen Ideen. Wenn sich ein neuer Gedanke in seinem Kopf festgesetzt hatte, baute er ihn solange aus und um, bis alles Hand und Fuß hatte und kaum mehr vor seinen Auftraggebern durchfallen konnte. Diesmal hatte Dion einen Einfall, der Computerspiele noch lebendiger machen konnte und dem Spieler noch eine stärkere Möglichkeit bot, in das Spiel einzugreifen. Denn das liebten die Spieler am meisten, wenn sie selbst etwas nach ihren Vorstellungen verändern konnten.

»Willst du noch mit hochkommen?« Sie sagte diese Einladung viel zu nett, als daß Dion sie hätte ablehnen können. Zudem wußte er nicht, wo er im Moment lieber hingehen würde, als in ihr Zimmer, wo ein Bett stehen würde. Der Aufzug brachte sie in den dritten Stock. Mit einer Chipkarte öffnete Veronique das Zimmer. Es hatte einen kleinen Flur, der in ein gemütlich ausgestattetes Zimmer führte, dessen Mittelpunkt ein hellblau bezogenes französisches Bett war. »Einen Moment«, sagte Veronique und ging in das angrenzende Bad. Dion setzte sich auf das Bett, weil ihm der Stuhl der am Fenster stand zu ungemütlich erschien. Während er sich noch umsah, kam sie zurück. Sie hatte ein rotes fast durchsichtiges Nachthemd an. Sie beugte sich zu ihm herunter und gab ihm einen sanften Kuß auf die Stirn. Dion konnte den Ansatz ihrer großen runden Brüste sehen, als sich ihr Körper vorneigte und das Nachthemd nach vorne fiel. Ihm gefiel diese Aussicht. Er wußte, daß er diese Nacht keine Alpträume haben würde, auch wenn er dafür sein Prinzip, Veronique nur als Freundin zu betrachten, durchbrechen mußte.

»Martin«, schrie eine Stimme. Er drehte sich verwirrt um.

»Martin«, die Stimme klang jetzt noch ungeduldiger. »Das Essen wird kalt.« Er schüttelte sich um seine Sinne in die Wirklichkeit zurückzuholen, dann erhob er sich von seinem Schreibtisch, schaltete den Computer aus, schloß die Tür seines Arbeitszimmers und wankte die Treppe, noch ein wenig benommen, von der Macht und Intensität seiner gerade durchlebten Gefühle, nach unten. Seine Frau und seine beiden Kinder saßen bereits am Tisch und hatten sich aus verschiedenen Schüsseln aufgetan. »Ich hoffe ich habe dich nicht wieder aus etwas wichtigem herausgerissen«, sagte die dürre Frau mit den kurzen graubraunen Haaren spöttisch zu ihm. »Du weißt genau, daß mein neues Buch Freitag fertig sein muß – und«, er zögerte eine Sekunde, »und ich war gerade mit einer Schlüsselstelle des Romans beschäftigt. Wenn man durch eine Unterbrechung mal den Faden verloren hat, ist es schwer sich nachher in die gleiche Situation wieder hineinzudenken.« Er klang beleidigt. »So wie ich dich kenne, wirst du das schon schaffen. So und jetzt iß!« Sie tat erst ihm und dann sich ein Schnitzel auf und beendete die kurze Diskussion mit einem abschließenden »Guten Appetit«. Dann verstummte das Gespräch. Martin begann sich Erbsen in den Mund zu schieben und sehnte das Ende des Abendessens herbei, den Moment, wo er wieder Dion war, der begehrte Held in einer aufregenden Geschichte.

Der Heimweg

Die Tür fiel hinter mir ins Schloß. Ich zog den Kragen meiner Regenjacke hoch und führte meine Hände in ihre Taschen. Kurz zuvor hatte ich mich von meiner Freundin verabschiedet und sie hatte mir einen guten Heimweg gewünscht. Wir hatten diesen grauen kalten Herbstabend in ihrem warmen Apartment verbracht und uns einen alten Edgar Wallace – Krimi angeschaut. Nun war es schon nach 22.00 Uhr und ich mußte mich beeilen, da man sich zu Hause sonst sicher Sorgen machen würde.

Erst jetzt merkte ich wie kalt es wirklich war. Als ich das Reihenhaus verlassen hatte, war ich noch so von der darin wohnenden Wärme eingehüllt, daß ich erst gar nicht bemerkte, wie mir der eisige Wind ins Gesicht blies. Diese winterliche Kälte ließ mich aber bald frösteln, so daß ich am liebsten in die Behaglichkeit der kleinen Wohnung zurückgekehrt wäre. Der vor mir liegende Weg durfte kaum mehr als eine halbe Stunde forschen Gehens ausmachen, ich hatte sicher schon hundert mal die Zeit gemessen. Die ersten zehn Minuten ging es ein langes Gefälle hinab, worauf ein kleiner Hügel folgte, an dessen höchsten Punkt die dunkle Altstadt meines Heimatortes liegt. Wenn ich diese durchquert hatte, waren es gerade noch fünf Minuten bis ich unsere Haustür erreichte.

Meist vertrieb ich mir die Zeit auf diesem immer wieder gleichen Weg mit dem Singen, Summen und Pfeifen irgendwelcher alter Melodien, oder ich machte mir über den kommenden Tag Gedanken. Auf meinem heutigen Weg gelang es mir jedoch nicht, über leichte Gedanken die Anzahl meiner Schritte zu vergessen. Ein ungewohntes nicht greifbares Gefühl in mir, ließ mich den Weg genau nachvollziehen.

Bald war ich am Ende der ersten Teilstrecke angekommen und ich sah schon die alten, kaum noch bewohnbaren Häuser des mittelalterlichen, von der Zeit fast unberührten Stadtteils vor mir. In manchen dieser Häuser werden wohl Stadtstreicher eine Zuflucht vor dieser unfreundlichen Nacht gefunden haben, dachte ich als ich die Altstadt betrat.

Die Beleuchtung durch die alten schlecht funktionierenden Straßenlampen wurde spärlicher und der hier so urplötzlich auftretende Nebel ließ mich kaum noch die Fassaden der Gebäude aus einer lange vergangenen Zeit erkennen. Die Atmosphäre dieser Nacht und dieses Ortes wurde immer unwirklicher, je dichter das Grau des feuchten Nebels in die Straßen strömte. Ein bisher unbekanntes tiefes Angstgefühl erfaßte mich. Ich versuchte diesen Furchtschauer zu verdrängen, indem ich darüber nachdachte, was ich meiner Freundin zu ihrem nahen Geburtstag schenken konnte. Hatte ich aber gerade einen Gedanken gefaßt, so entglitt er mir gleich wieder und ich sah nur die undurchdringliche Dunkelheit vor mir. Außer meinen eigenen Schritten war kein anderes Geräusch zu hören. In dieser Gegend war es selten, zumal zu dieser Uhrzeit, daß man noch andere Menschen traf. Für Autos war die Altstadt ohnehin schon lange gesperrt. So war es hier nachts beinahe immer totenstill.

Ich erinnerte mich, daß ich nur vereinzelt mal einen Betrunkenen oder einen Spaziergänger traf, der noch zu später Stunde seinen Hund ausführte. Wer aber sollte sich noch in einer Nacht wie dieser hier draußen herumtreiben, wenn er sich genauso in der gemütlichen Wärme einer geheizten Wohnung aufhalten konnte? Der Nebel wurde immer stärker und ich mußte mich nun tastend vorwärtsbewegen, da ich den Bürgersteig, der irgendwo unter meinen Füßen liegen mußte, nicht mehr sehen konnte. Noch bevor sich meine Augen an die vollständige Dunkelheit gewöhnt hatten, stieß ich plötzlich an eine kalte Steinmauer.

Ich konnte mich nicht entsinnen, daß hier jemals so ein Hindernis gewesen war. Ich tastete mich an der Wand entlang und fühlte überraschend Holz unter meinen Händen. Das mußte eine Tür sein. Ich überlegte, daß es das beste sein würde, in dem Haus, vor dem ich jetzt stehen mußte, einen Moment auf das Vorbeiziehen der Nebelwand zu warten.

Ich fand keine Klingel, was mich nicht verwunderte, denn ich erwartete nicht wirklich, daß das Gebäude, vor dem ich mich befand, bewohnt war.

Die unverschlossene Tür ließ sich leicht öffnen. Wie ich befürchtet hatte, war auch hinter ihr kein Lichtschein zu entdecken. Vorsichtig tastete ich mich, vergeblich nach einem Lichtschalter suchend, vor. Ich spürte schnell, daß sich an diesem Ort mein beklemmendes Gefühl verstärkte. Ich konnte jetzt den Moder der alten Gemäuer riechen und spürte, daß die Kälte in diesem Haus immer größer zu werden schien.

Ich mußte das Haus sofort wieder verlassen, durchfuhr es mich, egal wie dicht die Nebelwand draußen auch sein mochte. Ich war mir sicher, daß ich auf der Straße wieder Luft holen, atmen konnte. Hier drückte mir der Geruch von verschimmelten Steinen und modernder Wände die Lunge zu und ich hatte das Gefühl ersticken zu müssen.

Als ich mich jedoch zur Tür hin drehte, fiel sie mit einem leisen ächzenden Knarren in ihr Schloß. Ich sprang auf die Klinke zu, die ich nun schemenhaft erkennen konnte und versuchte die Tür zu öffnen. So stark ich aber auch an ihr zerrte, die Klinke ließ sich nicht bewegen. Ich mußte, ob ich wollte oder nicht, nach einem anderen Ausgang suchen.

Behutsam ging ich den dunklen Flur entlang. Nichts in diesem Haus schien eine menschliche Existenz zu offenbaren. Meine Rufe wurden nicht erwidert. Alle drei bis vier Meter gingen von dem Gang Zimmer ab. An seinem Ende befand sich eine Treppe, die in den ersten Stock führen mußte. Es war erstaunlich wie sich die undurchdringliche Schwärze der Nacht in ein Halbdunkel verwandelte, wenn die eigenen Augen ihren Anpassungsvorgang beendet hatten.

Ich ging auf die mir nächste Tür zu und suchte mit meinen Händen einen Türdrücker um sie zu öffnen. Ich konnte keinen finden. Merkwürdig, eine Tür ohne Türgriff, dachte ich. Ich lehnte mein ganzes Gewicht gegen die massive Holztür, bis sie sich schwerfällig zu bewegen begann. Als ich den Druck verstärkte, sprang sie ganz auf. Wieder kam ein Schwall aus Dunkelheit und abgestandener Luft auf mich zugeschossen und schien mich erdrücken zu wollen. Als ich einige Schritte in das Innere des Raumes machte, stieß ich an etwas hölzernes, geriet ins Stolpern und fiel auf den Boden. Mein linkes Knie schmerzte, als ich mich an einem nicht zu identifizierenden Gegenstand wieder auf die Beine zog. Dabei fuhr meine rechte Hand über eine der Wände und berührte etwas, das ein Lichtschalter sein konnte. Mein Herz pochte laut, vor Schmerz, Aufregung und Angst. Ich drückte auf den Schalter und plötzlich wurde die Dunkelheit von gelbem schwachen Licht durchbrochen. Ich sah mich nach dem Ding um, an dem ich mich heraufgezogen hatte und erschrak zu Tode. Ich schrie. Vor mir stand ein alter verstaubter Polstersessel in dem eine Gestalt saß. Ein greiser, vollständig ergrauter Mann mit unzähligen Falten im Gesicht. Seine Lider waren über die Augen gefallen und hätte sein Gesicht nicht diese merkwürdige Farbe gehabt, hätte ich geglaubt, er würde schlafen. So aber wußte ich, er war tot. Ich hatte noch nie einen Toten gesehen, aber genau so wie dieser alte Mann jetzt aussah, stellte ich mir den Tod vor, der wenig würdevolles hatte.

Seine Arme lagen starr auf den Lehnen des Sessels. Als ich es endlich schaffte, meinen Blick von dem Alten abzuwenden, sah ich mich von einer antiken, teuer wirkenden Wohnzimmereinrichtung, wie sie wohl Anfang des Jahrhunderts üblich gewesen sein mußte, umgeben. Auf dem Fußboden lag ein zerschlissener grüner Teppich, der seine ganze Grundfläche abdeckte. Ich schätzte das Zimmer auf 20 bis 25 Quadratmeter. An der der Tür gegenüberliegenden Wand stand ein altes Eichenbuffet auf dem einige verstaubte Gläser und Tassen standen. Sie schienen schon eine Ewigkeit nicht mehr benutzt worden zu sein. Daneben befand sich eine Glasvitrine, in der viele bunte Miniaturen standen, die ich von meiner jetzigen Position nicht genau erkennen konnte. Als ich näher trat, stand ich ihnen Angesicht zu Angesicht gegenüber. Es waren kleine Menschenfiguren, deren Zuhause diese Vitrine war. Sie mußten aus Wachs sein, war mein erster Gedanke. Bei intensiverer Betrachtung konnte ich mich aber dem Eindruck nicht erwehren, sie wären aus Fleisch und Blut. Alles an ihnen war ein genaues Abbild ihrer großen Verwandten. Wären sie nicht nur ungefähr 10 cm groß gewesen, wäre mir der Gedanke, daß sie einmal gelebt hatten oder noch lebten, nicht so absurd erschienen.

Meine Angst nahm stetig zu, ohne daß ich etwas dagegen tun konnte. Ich drehte mich um, um den Raum wieder auf schnellstem Wege zu verlassen und meine Suche nach einem Ausgang fortzusetzen. Aber auch diese Tür war jetzt fest verschlossen, ohne daß ich mir erklären konnte wie es passiert war. Weder konnte ein Luftzug daran schuld gewesen sein, noch konnte sie jemand lautlos zugezogen haben. Ich war doch allein hier – oder irrte ich mich, was die Unbewohntheit dieses Gebäudes anging? Hatte jemand, der mich nicht mehr aus diesem Todeshaus entkommen lassen wollte, die Tür heimlich geschlossen?

Als ich versuchte die Tür mit Gewalt zu öffnen, erlosch plötzlich das Licht.

Dann hörte ich hinter mir, weit entfernt, durch das Geräusch des Pochens meines Blutes in mir fast verdrängt, wie sich die Glastür der Vitrine langsam und nahezu lautlos öffnete. Dann hörte ich leise Stimmen. Ich glaubte meinen Sinnen nicht trauen zu können. Doch schlurfende Bewegungen die auf mich zuzukommen schienen, machten mir bewußt, daß ich nicht allein war und daß sich etwas auf mich zu bewegte. *Die kleinen Puppen* – durchfuhr es mich. Nein, das war absurd!

Die Geräusche waren jetzt tief unter mir, fast bei meinen Füßen. Zitternd schob ich mich von ihnen weg, doch sie machten alle meine Bewegungen mit und änderten auch ihre Richtung. Immer lauter hörte ich sie, je dichter sie mir kamen. Dann spürte ich etwas auf meinen Schuhen. Von dort zog sich etwas an meiner Hose hinauf. Ich wagte nicht mich zu bewegen.

Die Angst lähmte mich. Jetzt hatte sich das Ding über meinen Kragen zu meinem Hals vorgearbeitet und seine kleinen Krallen stachen wild auf und ab, immer tiefer in meine Haut. Eine Reflexbewegung aus einer Mischung von Schmerz, Panik und Ekel ließ mich zuschlagen. Mit einem jämmerlichen Schrei prallte das Wesen auf den Fußboden. Jetzt erst kam ich wieder zu Bewußtsein. Ich mußte mich mit aller Kraft gegen das, was mich angriff und augenscheinlich vernichten wollte, zur Wehr setzen, um diese übelriechenden Gemäuer jemals wieder verlassen zu können. Aber sie waren viele. Ich bewegte mich vorwärts und versuchte nach Ihnen zu treten, aber sie schienen meinen Füßen geschickt auszuweichen, denn ich erwischte keinen von ihnen.

Ihre dünnen Stimmen schwollen jetzt gemeinsam zu einem widerlichen immer lauter werdenden hohen Ton an, der meine Ohren schmerzen ließ.

In diesem Moment fiel mir mein Feuerzeug ein, das ich die ganze Zeit mit mir herumgetragen hatte, ohne davon Gebrauch gemacht zu haben. Hoffentlich funktionierte es noch, durchfuhr es mich. Ich zog es hektisch aus meiner Tasche. Gleich beim ersten Versuch war die Flamme da und tanzte unruhig in meiner Hand. Nun suchten meine Augen die kleinen Gestalten. Ich bemerkte eine von ihnen im Sessel des Alten und wußte instinktiv, daß auch die anderen sich dort versteckten. Meine Faust holte gerade aus, um eine der kleinen Figuren zu zermalmen, als mich eine eisige starke Hand am Arm packte. Die Augen des Alten öffneten sich und starrten mich gierig an. Seine Mundwinkel verzogen sich zu einem teuflischen Grinsen. Panisch wich ich zurück, bis meine Hände hinter mir einen massiven Holzhocker ertasteten.

Ich hob ihn reflexartig an und ließ ihn dann krachend auf dem Schädel des Alten zerbersten, kurz bevor er meinen Arm vollständig zerquetschen konnte. Sein Griff lockerte sich und der Körper des greisen Mannes sank leblos an mir herunter. Seine Augen waren wieder geschlossen und es lag eine Art Frieden auf seinem Gesicht.

War er diesmal wirklich tot oder täuschte er mich nur und würde sich in einem unaufmerksamen Moment auf mich stürzen, um das von den kleinen Gestalten begonnene Werk zu vollenden?

Aber nichts geschah. Auch die kleinen Menschenfiguren, die eben noch so lebhaft und todbringend gewesen waren, zerfielen jetzt vor meinen Augen.

Es blieben nur noch ihre Gewänder übrig, die ein Häufchen grauen Staubs zusammenhielten. Dies war das letzte Bild von ihnen, ein Bild das sich für immer in meinem Gedächtnis festgebrannt hat. Ich kann nicht sagen, wie lange ich auf diese groteske Szenerie starrte, die mich eben noch in Todesangst versetzt hatte, ehe ich mich aus meiner Versteinerung losriß, um diesem Alptraum zu entkommen.

Nun gab die Zimmertür nach, als sei sie nie verschlossen gewesen und ich rannte den Flur entlang, öffnete die Haustür, die jetzt auch keinen Widerstand mehr leistete und fand mich auf der Straße wieder. Meine Lunge blähte sich mit der nassen und mir jetzt frisch erscheinenden Luft auf. Ich konnte endlich wieder richtig atmen.

Als ich losrannte war es mir egal, ob ich durch die Nebelschwaden den Boden unter mir erkennen konnte. Auf den Asphalt der feuchten Straße zu fallen war real und der Schmerz eines blutigen Knies auch. Immer weiter mußte ich dann wie in Trance gelaufen sein, denn als ich wieder zur Besinnung kam, fand ich mich am Ende der Altstadt wieder. Erst jetzt fiel mir auf, daß der Nebel und die Dunkelheit verschwunden waren und die Sonne hell schien. Sie brannte heiß auf meinen dröhnenden Kopf herunter. Der Himmel war so blau, als könnte er niemals eine andere Farbe gehabt haben. Meine Beine konnten meinen Körper nicht mehr halten. Ich taumelte und fiel.

Als ich die Augen wieder öffnete, fand ich mich in einem Krankenhausbett wieder. Ich mußte mich im städtischen Hospital befinden, überlegte ich. Dann fiel ich wieder in einen tiefen Schlaf. Als ich erneut erwachte, war es hinter den Fenstern dunkel. Es mußte schon wieder Nacht sein. In diesem Moment öffnete sich die Tür und ich sah meine Eltern in das Zimmer treten. Sie umarmten mich und erzählten mir dann all das, was ich nicht wußte.

Seit dem Abend, an dem ich meine Freundin verlassen hatte, war ich vermißt worden. Man hatte mich durch die Polizei suchen lassen, aber nichts mehr von mir gehört, bis gestern, als man mich total erschöpft auf der Straße liegend fand.

Bis zu diesem Tag war ein knappes Jahr vergangen. Es war der Sommer 1981. Bis heute habe ich niemanden erzählt, was mir geschehen ist. Hätte mir irgend jemand geglaubt?

Natürlich hatte man mich gefragt, wo ich diese lange Zeit gewesen bin. Aber ich sagte nur, daß ich mich nicht erinnern könnte. Mein Arzt ging davon aus, daß ich einen Unfall gehabt haben mußte, der zu einer Amnesie geführt hatte – Gedächtnisverlust.

Jetzt stehe ich an einem Tisch in einem Kaffeeausschank, trinke eine latte macchiato und erzähle mit meinen Freunden. Die Hauptgeschäftsstraße ist belebt. Gerade hat die Kirchturmuhr 13.00 Uhr geschlagen und die Sonne brennt herunter, wie sie es nur an einem Hochsommertag zur Mittagszeit tut. Wir unterhalten uns über Übersinnliches und erzählen uns Geschichten über seltsame Erlebnisse, die wir uns ausgedacht haben. Meine Geschichte jedoch bleibt ein Geheimnis, das ich wahren muß, will ich nicht für einen verrückten Spinner gehalten werden.

Ich verabschiede mich von meinen Freunden, da ich noch einige Einkäufe zu erledigen habe, in der Neustadt, fern von den alten Häusern. Ich hoffe, daß sie das Mittel vorrätig haben, das helfen soll, meine grauen Haare wieder so dunkel zu machen, wie sie es einmal waren.

Die Sonne sticht mir ins Gesicht, mir ist ein wenig kalt.

Ein Moment der Ruhe

Er hatte seine Gitarre eingepackt, die Kabel aufgewikkelt und die Effektgeräte zurück in die Tasche gelegt. Die Gage schien ihm zufriedenstellend zu sein.

Nachdem er sich lange verabschiedet hatte, ging er beladen mit seiner kleinen Reisetasche, in der sich all das Zubehör, das er für einen Auftritt brauchte, und dem Gitarrenkoffer mit seiner alten Fender Westerngitarre aus dem kleinen Musikladen, der ihn für die Eröffnungsfeier engagiert hatte, auf die Straße hinaus. Dirk hatte ihn mit der E-Gitarre begleitet. Beide waren von ihrem ersten Duo-Auftritt zwar nicht begeistert, aber hatten ihn als akzeptabel empfunden und wollten auf der sonnigen Terrasse des kleinen italienischen Restaurants, das neben dem Musikgeschäft lag, noch einen Cappuccino trinken, bevor Rick sich mit seinem Wagen zu einem zweiten Auftritt an diesem Tag auf den Weg machen wollte. Die 100 Kilometer die er zu fahren hatte, zu dem Ort an dem er sich mit seiner Band treffen wollte, waren zwar nicht weit, der Tag aber jetzt schon lang gewesen und Rick bereits sehr müde.

Dirk und Rick plauderten noch eine halbe Stunde über Musik und über die kleine Stadt in der Dirk jetzt lebte. Sie hatten noch vor einem Jahr in der gleichen Band gespielt, bis Dirk sich hierher verabschiedet hatte um eine kleine Musikschule zu eröffnen und um mit seiner neuen Freundin, die hier aufgewachsen war, zusammenzuleben. Aus dem Gespräch ergab sich für Rick, daß Dirk nicht so zufrieden war wie er gehofft hatte, als er seine Koffer gepackt hatte. Seine Beziehung und auch seine Musikschule liefen gut, aber an professionelle Musik war hier nicht zu denken. Es gab nur Auftritts- möglichkeiten für Tanzbands, Rock und Popmusiker konnten froh sein, wenn sie überhaupt irgendwo mal spielen konnten und wenn, dann meist ohne Gage oder für ein Taschengeld. Rick wußte, daß das hart war. Jeder der aus seinem Inneren heraus Musik machen wollte, wollte diese Musik auch auf die Bühne bringen und vor einem Publikum präsentieren. Rick glaubte, daß Dirk zurückkommen würde, wenn ihm seine musikalische Tätigkeit hier nicht mehr ausreichte. Gitarrenstunden zu geben war zwar gut und schön, brachte auch ein kleines Einkommen, aber konnte einen Musiker nicht wirklich befriedigen.

Die Sonne stand jetzt tiefer, obwohl es noch drückend heiß war, als sich Rick von Dirk verabschiedete und in seinen alten dunkelblauen Toyota stieg, um sich auf den Weg zum „Showboat", wo der zweite Gig am heutigen Tag stattfinden sollte, machte. Langsam verschwand die Silhouette von Donauberg im Rückspiegel.

Am Ortsausgang mußte er die Bundesstraße nehmen, die ihn nach einer halbstündigen Fahrt zur Autobahn bringen sollte. Rick war immer froh, wenn er auf der Au- tobahn fahren konnte. Dann brauchte er sich nicht mehr so sehr zu konzentrieren, wie auf den engen Land- und Bundesstraßen mit ihrem Gegenverkehr, wenn nicht gerade Hauptreisezeit war und es sich um eine vielbe- fahrene Autobahn handelte. Er überholte dann wenig, hielt sich auf der rechten Seite und fuhr gemütlich dahin. Dabei hörte er sich oft seine eigenen Lieder, in irgendwelchen kleinen Studios aufgenommen, an. Wenn ihn jemand fragte wieso er das tat, antwortete er meist, es sei zur Überprüfung, um zu hören, was an den Songs noch geändert werden mußte. Was er nicht sagte, war, daß ihm die Songs so gefielen, daß er sie auch deshalb gern hörte, wie er Musik anderer Gruppen hörte, die er mochte. Er blinkte links, sah noch kurz nach rechts, um sich zu vergewissern, daß niemand kam und bog dann auf die zweispurige Straße ein. Nach wenigen Minuten Fahrt merkte er, daß er müde wurde. Er hatte gestern gespielt, war spät und erschöpft ins Bett gegangen und heute relativ früh aufgestanden, um nach Donauberg zu fahren. Das ‚Spielen' bedeute nicht nur einfach Musik zu machen, ein bißchen Gitarre zu spielen und zu singen, sondern auch eine physische und psychische Anstrengung, die sehr viel Kraft und Energie kostete. Er kurbelte das Fenster herunter, um frische Luft, die ihn wieder munter machen sollte, in den Wagen zu lassen. Die Musik drehte er ein bißchen lauter, obwohl er, nachdem er selbst gespielt hatte, eigentlich eher Ruhe bevorzugte. Im Showboat würde er erst mal einen Kaffee trinken, später würde ihn das Adrenalin, das er bei der Show erzeugte, über seine Mattigkeit und eine lange Nacht hinweghelfen.

In Gedanken ließ er noch einmal seinen frühen Auftritt Revue passieren. Er war überrascht gewesen, überhaupt diesen Auftrag bekommen zu haben. Der Eigentümer des neu eröffneten Musikladens hatte ihn, Dirk und Bonnie, den Basspieler aus seiner Band bei einem Kneipenauftritt gehört. Damals war die Kneipe *The Rover* zum Glück voll gewesen und die Leute in einer ausgelassenen Stimmung. Obwohl sie keinen Schlagzeuger dabei hatten, brachte Rick´s kleine Band die Kneipe zum Kochen, ihre Gäste zum Mitsingen und Tanzen und verhalf ihr zu einem guten Umsatz, was die Gastwirte bei der Beurteilung der Band meist großzügig honorierten.

Dem Gast von damals, der heute seinen Laden eröffnet hatte, hatte die Musik und die Stimmung scheinbar so gut gefallen, daß er geglaubt hatte, die gleiche Band, an diesem Tage aber ohne Bonnie, der einen Gospel-Duo Auftritt in einer Kirche hatte, würde auch für Stimmung auf seiner Eröffnungsparty sorgen. Das hatte im Grunde auch gestimmt, zumindest in bezug auf die wenigen anwesenden Gäste.

In dieser ruhigen kleinen Stadt gab es keine Passanten, die durch Musik angelockt hereinkamen um vielleicht etwas zu kaufen. Es waren hauptsächlich selbst Musiker, die teils zuhörten oder sich auf der Treppe, die zum Laden führte, sonnten. Oft waren nur Rick, Dirk, der Besitzer des kleinen Ladens und dessen Familie im Geschäft, was für alle doch ernüchternd und trostlos gewesen war. Dabei verging die Zeit, ohne daß sich an der Harmonie der Personen untereinander an diesem Morgen etwas änderte.

Trotzdem hatte Rick das Gefühl, er würde bezahlt für etwas, das überflüssig war und dabei fühlte er sich schlecht. Die Pizza die man ihm zum Abschluß serviert hatte, hatte gut geschmeckt, war aber jetzt wohl auch schuld an seiner immer stärker werdenden Müdigkeit. Wie oft war er schon nachts von einem Auftritt oder einem anstrengenden Studiotag nach Hause gefahren und war auf der Autobahn kurz eingenickt. Der sogenannte Sekundenschlaf, der schnell genug tödlich enden konnte. Es war immer ein viel zu hohes Risiko gewesen, weiterzufahren. Bis jetzt war er zwar immer heil in seiner Wohnung angekommen, er wußte aber, daß diese Tatsache auf reinem Glück basierte und nicht etwa auf seiner Autofahrkunst.

Heute wollte er diesen Fehler nicht begehen. Er hatte genug zeitlichen Spielraum um, sollte es nötig werden, auf einen Parkplatz zu fahren und sich einen Moment auszuruhen.

Bald darauf fing es an. Er war vielleicht 60, 70 km gefahren, als ihm plötzlich die Augen immer wieder kurz zufielen. Er wußte, daß es jetzt Zeit war zu stoppen.

Fünf Minuten später fand er eine ihm geeignete, rechts abgehende kleine Landstraße. Er fuhr von der Bundesstraße ab. Wenn er keinen Parkplatz fand, wollte er sich irgendwo an den Rand eines Waldweges stellen.

Nach ungefähr einem Kilometer zögerlicher Fahrt, bei der er nach einem geeigneten Ruheplatz Ausschau hielt, sah er ein hölzernes Schild. *Konzentrationslager-Gedenkstätte.* Das Schild wies nach rechts in einen kleinen Wald hinein. Er beschloß hier seinen Halt zu machen, parkte aber nicht auf dem angegebenen Parkplatz 50 Meter weiter, sondern am Rande des Weges, der laut Beschilderung zur Gedenkstätte führen sollte.

Hier wollte er sich ausruhen, vielleicht aber auch im warmen Sonnenschein die Gedenkstätte besuchen. Er entschied sich für das letztere. Er stellte den Wagen kurz vor der hölzernen Schranke, die den weiteren Weg für Autos versperrte, ab und ging los. Schon nach wenigen Metern Spaziergangs, der durch ein Tannenwaldstück

84

führte, erreichte er eine große Lichtung, auf dessen Wiesenboden vereinzelt Wachholderbüsche und Laubbäume standen. Er versuchte sich zu orientieren, mußte aber feststellen, daß es keine weitere Ausschilderung gab die ihm sagte, wo er sich hinwenden mußte, um die Fläche des ehemaligen KZ's zu finden. Er war allein, es gab hier niemanden den er fragen konnte. Auch wußte er nicht, nach was er zu suchen hatte, oder was ihn erwartete. Er hatte schon mehrere solcher Gedenkstätten besucht. Dachau oder Bergen Belsen beispielsweise, wo es aber große Gebäude, viele Menschen und unzählige Mahnmale des Grauens, unverfehlbar, gab. Hier schien es ihm, als befinde er sich irgendwo auf einer Waldwiese, die nur von Hasen und Rehen zum Herumtollen genutzt wurde.

Er schaute sich um und ging dann in die Richtung weiter, die ihn weiter von seinem Auto wegführte.

Als er nach wenigen Gehminuten am anderen Ende der Lichtung stand, sah er die grauen niedrigen Steinmauern, aus unförmigen einzelnen Felssteinen zusammengesetzt, die ihm sagten, daß er sein Ziel erreicht hatte. Er ging an der brusthohen Mauer entlang, ohne daß er einen Eingang finden konnte. Nachdem er über die Mauer gesehen und festgestellt hatte, daß sich direkt dahinter nichts befand, was er beschädigen konnte, sprang er hinüber. Er landete in dichtem Wiesengras. Jetzt konnte er hinter den hohen Eichen Steinmale erkennen. In verschiedener Höhe und Größe. Vermutlich Grabsteine dachte er. Beim Näherkommen konnte er erkennen, daß es teils wirklich einzeln stehende Grabsteine, teils aber auch Gedenksteine waren. Alle hatten sie jedoch eins gemein. Sie waren dunkel und moosbewachsen. Steine die schon seit langer Zeit dem Unbill zahlreicher Regen und Winter ausgesetzt waren, ohne daß sich jemand wirklich die Mühe gemacht hatte, die Steine zu pflegen und sie durch Putzen und Bearbeiten neu aussehen zu lassen. Als er vor dem größten stand, konnte er erkennen, daß eine Inschrift in Hebräisch eingemeißelt war. Darunter eine Jahreszahl. 1945. Der Stein sah so aus wie der Frontstein einer großen Familiengruft aus dem frühen 20. Jahrhundert. Als er weiter ging fand er in unregelmäßiger Folge, ohne eine Form oder Reihe einzuhalten, weitere kleine Steine auf denen in Deutsch Namen und Geburts- sowie Sterbedatum eingetragen waren. Hin und wieder stand auch ein Satz darunter. *Ermordet von einem Regime des Grauens*, oder etwas ähnliches. Alle Sterbetage datierten Anfang bis Mitte 1945. An der Innenmauer dieser Fläche, die vielleicht fünfzig mal fünfzig Meter ausmachen mochte, waren hin und wieder Gedenktafeln aus Holz oder Stein, schlicht oder verziert, angebracht. Er las einige von ihnen. Alle schienen Mahnmale zum Gedenken an die an dieser Stelle im ehemaligen Konzentrationslager ermordeten Juden zu sein, wahrscheinlich angebracht von Überlebenden des Holocaust oder rechtzeitig ins Ausland geflohenen Angehörigen. Wiederholt erschauderte Rick und er wurde von einer Welle grenzenloser Trauer überschwemmt.

In anderen Gedenkstätten teilte er diese Gefühle auf irgendeine Art und Weise mit den anderen Besuchern, die die Gaskammern und Zellen voller Faszination des Schrecklichen und tiefster Abscheu betrachteten. Hier aber war er ganz allein. Und, wäre er nicht an einem

Platz des absoluten unvorstellbaren Grauens gewesen, hätte ihn die Idylle des Tages, die wunderhübsche Natur und das friedliche Gezwitscher der Vögel glauben lassen, er sei von der Hektik der Stadt und der Straßen in eine paradiesische Traumwelt versetzt. Er schreckte aus seinen Gedanken hoch, besann sich eine Sekunde und suchte dann den Ausgang aus dem kleinen Areal. Er schloß leise die keine Metallpforte und öffnete eine zweite nach wenigen Metern, die ihn auf ein anderes Grundstück, von einer gleichartigen Mauer umgeben, führte. Auch hier sah es so aus wie zuvor. Wiese, einzelne Bäume und eine Idylle die nur von der Geschichte dieses Platzes getrübt wurde. Nirgendwo gab es etwas anderes als einzelne Gedenksteine, keine Ruinen alter Anlagen, keine Erklärungstafeln für Besucher, nichts was weiter auf das hinwies, was sich in den Erinnerungen der Überlebenden unauslöschbar festgesetzt haben mußte und sie nicht mehr losließ, sie aus Alpträumen hochschrekken ließ und sie immer dann überfiel, wenn sie glaubten vergessen zu haben. Nein, vergessen konnte man hier nicht, wenn auch das Moos langsam und mit steter Kraft versuchte, die Inschriften zu überdecken und unleserlich zu machen. Rick ging langsam um sich schauend weiter und stand jetzt auf einem kleinen kieselsteinbedeckten Platz, dessen Zentrum ein zwei Meter hohes Mahnmal bildete, unter dem gerade erst verwelkte bunte Blumen lagen. Als würde doch jemand hierherkommen, jemand der gedachte, jemand der sich um diesen verlassenen Friedhof kümmerte. Davor standen steinerne Bänke, die dazu einluden, sich zu setzen und die Inschrift des Steins zu lesen. *Durch Nacht und Grauen – hat Gott euch geführt – und seid angekommen bei ihm im Paradies.* Rick las die Zeile noch einmal und versuchte sie zu behalten. Dann wurde er müde. Er legte sich auf die steinerne Bank und schaute an den Wipfeln der hohen Kiefern vorbei in den blauen sonnigen Nachmittagshimmel. Und dann schlief er ein.

Er erwachte. Jemand rüttelte an ihm. »Komm steh auf, schnell, sonst sehen sie dich noch. Du weißt was dann passiert.« Er kannte den Mann der ihn schüttelte nicht. Er rieb seine Augen. Und er kannte nicht das, was er jetzt sah. Erneut fuhr er mit seinen Fingern über seine Augen, versuchte sich zu besinnen und den Schlaf abzuschütteln, wurde von dem anderen aber an der Schulter von der Liege, auf der er lag, weggezogen. Er wehrte sich nicht.

»Komm mach schon, oder willst du, daß wir alle nichts zu essen kriegen?« Der Mann klang jetzt schärfer. Rick ließ sich widerstandslos hochziehen. Als es in seinem Kopf langsam wieder hell wurde, sah er, daß er sich in einer Holzbaracke befand, in der mehrere primitive Hochbetten standen. Dort woher das Licht kam, sah er eine halb geöffnete Holztür, in der andere Männer standen, in Schlafanzügen, wie er zuerst glaubte und mit fast kahl geschorenem Kopf, wie es heute bei vielen Fußballern Mode ist. Jetzt erst merkte er, als er an sich heruntersah, daß er genau so einen Anzug trug, wie die anderen Männer beim Ausgang und auch wie der Mann, der ihn jetzt in Richtung Tür schob. Rick war zu verwirrt, um sich zu sträuben. Hatte er einen Unfall gehabt und befand sich jetzt in irgendeinem Kleinstadtkrankenhaus oder machte man einfach nur irgendeinen Scherz mit ihm? Vielleicht schlief er aber auch noch und befand sich in einem obskuren Traum. Der Mann drückte ihn weiter nach vorn. »Mach schon Richard, in unser aller Namen!« Wieso Richard? Wieso nannte er ihn bei diesem Namen? So hatten ihn nur manchmal Leute genannt, die seinen wirklichen Namen Rick für eine Abkürzung von Richard gehalten hatten. Dieser Mann hier schien ihn aber zu kennen und trotzdem nannte er ihn Richard. »Ich heiß′ nicht Richard und wer sind Sie überhaupt?« waren seine ersten Worte an den Mann hinter ihm. Dieser beachtete ihn jedoch schon nicht mehr.

Durch einen Schubs nach vorn geworfen, stolperte Rick die wenigen Holzstufen vor der Baracke nach unten. Der andere Mann war hinter ihm und schob ihn unbarmherzig weiter. Erst jetzt sah Rick die vielen anderen Männer, die auf dem großen freien Platz vor der Baracke unbeweglich in einer Reihe standen. Vor ihnen schrie jemand, den er nicht sehen konnte. Ehe er wußte wie es passierte, stand er jetzt ganz links in der Reihe der verhärmt aussehenden Männer. Der Mann aus der Baracke, der ihn Richard nannte, stand direkt neben ihm. Wo war er? Er konnte nicht begreifen, wie er an diesen merkwürdigen Ort gelangt war und was um ihn herum geschah. Der Mann der sich vor der Reihe verängstigter Menschen aufgebaut hatte, trug eine dunkle Uniform. Ein Polizist? fragte sich Rick. Ehe er weiter darüber nachdenken konnte, zerschnitt ein Schrei seine Gedanken. »Appell!«, der Uniformierte schaute auf eine Liste. Die Männer in der Reihe sagten jetzt ihre Namen und der Mann vor ihnen schien die gehörten Namen mit seiner Liste zu vergleichen. »Maibaum« rief laut ein Junge dicht neben Rick. »Blumfeld« schrie dann sein

Nachbar. Der Uniformierte machte einen Haken. Rick blieb stumm. »Name!« schrie der Mann mit der Liste Rick an. Rick wußte nicht wieso, aber er rief »Weiss«. Der *Polizist* schien zufrieden zu sein und klemmte sich die Blätter Papier unter seinen Arm.

Jetzt kam ein finster aussehender Mann mit drei silbernen Sternen auf seiner bedrohlich wirkenden Uniform aus einer der gegenüberliegenden Baracken und schritt die Reihe der angetretenen Männer ab. Vor dem ein oder anderen Mann blieb er stehen und schaute mit eisernem Blick in das Gesicht seines Gegenüber. »Wie sie wissen findet heute abend die Weihnachtsfeier des Lagers statt. Es wird für jeden einen extra Teller Suppe geben. Ich erwarte, daß Sie heute besonders gut arbeiten, damit Sie sich ihre *Zulage*«, bei diesem Wort grinste er spöttisch, »auch wirklich verdienen. Aus diesem Grund beginnt die Arbeit heute auch vor dem Frühstück.« »Unteroffizier Schneider«, er drehte sich nach hinten um, »Sie sorgen mir dafür, daß die Müll- und Abwassergruben am Abend ausgehoben sind.«

»Jawoll Herr Hauptmann!« schrie der andere zurück und salutierte dabei.

»Gruppe 1,2 und 3 nach links zu Unteroffizier Werner, Gruppe 4, 5 und 6 zu mir angetreten.« Die Männer vor Rick rannten zu ihren jeweiligen scheinbaren Befehlsführern und traten vor diesen an, so wie sie es vorher auch getan hatten. »Ach ja«, rief der als Hauptmann angesprochene in die Richtung der Männer die um Rick standen, »der Leiter des Häftlingschors meldet sich in 5 Minuten bei mir. Die Chormitglieder sind für den Vormittag von der Arbeit befreit.« Dann verschwand er in einer Holzbaracke, an dessen Eingang an einem Mast mehrere Fahnen hingen. »Nicht schlecht«, sagte Rick´s Nebenmann, »musikalisch zu sein lohnt sich manchmal. Komm wir holen kurz die Noten und gehen dann zum Lagerkommandanten.« Wieder schob er Rick vor sich her, diesmal in die Baracke zurück, aus der sie vor wenigen Minuten erst herausgehetzt waren. Willenlos ging Rick vor ihm her. In der Baracke warteten bereits einige andere Männer auf sie. Rick hatte immer noch nicht den kleinsten Anhaltspunkt, was mit ihm geschehen war. »Wo bin ich hier?« fragte er seinen Begleiter. »Was soll das heißen, wo bist du hier?« antwortete dieser erstaunt. »Was ist das für ein Lager?« fragte Rick noch einmal. Der andere lachte, »bist du krank, hast du Fieber? Das hier ist das Männererholungsheim«, er und die anderen Männer lachten erneut, »und heute abend gibt es auf der Party Bier und Schnaps und Mädchen bis zum Umfallen.« Er drehte sich zu den anderen und ließ Rick verwirrt stehen. »Ich geh gleich rüber zum Kommi, ihr könnt schon mal ohne mich üben. Heute abend müssen wir gut sein, ihr wißt was das für uns heißen könnte. Solange die noch was zu feiern haben, können wir uns unentbehrlich machen«. Ernst fügte er hinzu: »Daß die anderen keine Abfallgruben ausheben ist uns wohl allen klar. Das werden Gräber und das heißt, daß alle die, die entbehrlich sind, die zu schwach zum Arbeiten oder krank sind, diese Woche nicht überleben werden. Also los. Richard du kommst mit mir, wenn du dich wieder im Griff hast, – oder war das nur ein idiotischer Scherz von dir? Mal sehen was der Kommi will.« Rick war wie erstarrt, Gräber..? …sterben? Was sollte das heißen, waren alle um ihn herum verrückt? In was für einem

Alptraum befand er sich? Wie durch undurchdringlichen Nebel ging er an der Seite des anderen über den sandigen Platz, in dessen Mitte ein hölzerner Podest aufgestellt war, von der Art, wie Rick ihn in Filmen über die französische Revolution gesehen hatte. Der vor der Baracke postierte Wachposten meldete sie dem Lagerkommandanten. »Die zwei Vertreter des Lagerchores Herr Hauptmann«, er salutierte und nahm sofort wieder seinen Posten ein. Sie standen jetzt in dem komfortabel ausgestatteten Büro des Offiziers.

Dieser erhob sich aus seinem weinroten Polstersessel, in dem er gesessen und geraucht hatte.

»Sie wissen, daß zu unserer heutigen Veranstaltung der Gruppenleiter der SS Major von Fahrnheim mit seinem Stab anreist. Er ist ein großer Freund des deutschen Liedgutes. Ich erwarte von Ihnen, daß wir heute einen großen musikalischen Abend erleben werden. Deshalb erhalten sie auch heute nachmittag noch mit ihren Männern die Gelegenheit, sich vorzubereiten und müssen nicht mit den anderen Männern arbeiten. Sollte der Major von dem Abend nicht begeistert sein, wird das nicht gerade zu Ihrem Vorteil sein.« Er machte eine abwinkende Geste. »Abtreten«, sagte er schroff.

Rick trottete benommen hinter seinem Führer her. Wieder über den unfreundlichen grauen Platz, den er sich nicht einbildete, dazu war er zu nah zu realistisch, die Schreie der uniformierten Männer, die die Arbeitsgruppen befehligten zu laut und unbarmherzig.

Rick schloß die leichte Holztür hinter sich. Sie befanden sich wieder in der gleichen Baracke in der Rick noch vor kurzem in eine neue Wirklichkeit oder in einem obskuren Traumgebilde seiner Phantasie wie er glaubte, aufgewacht war. Die sechs Männer waren nun die einzigen in dieser hölzernen Schlafhalle, einem Raum, den Rick nur aus dem Fernsehen und den frühen Jugendlagern seiner Kindheit kannte. »Das muß heute verdammt gut klappen, ihr müßt singen, wie ihr noch nie gesungen habt«, es war die Stimme des Mannes, der Rick aus dem Bett gezerrt hatte. Er mußte der Anführer dieser kleinen Gruppe sein, oder zumindest ihr Wortführer.

Ein anderer, der ihm gegenüber auf einem Bett gesessen hatte, stand auf: »Ja, laßt uns gleich mit den Proben anfangen. Gut, daß heute dieser Heini von der SS kommt und wir nicht arbeiten müssen. Sonst wäre unser Chor dem Kommi scheißegal.« Der Mann hatte einen ängstlichen Gesichtsausdruck. Er wirkte zerbrechlich hager, stand gekrümmt und verriet mit seiner ganzen Erscheinung einen Mann, dessen Wille und Selbstwertgefühl gebrochen waren. Der, der ihm jetzt antwortete schien noch bedeutend mehr Leben in sich zu haben. Um seinen Mund konnte Rick die Lachfalten erkennen, als er scheinbar spöttelnd sagte: »Ich schlage vor, daß wir mit zwei deutschen Volksliedern beginnen und danach im Hauptteil mit jiddischen und hebräischen Liedern fortfahren.« Er lachte laut. In den Gesichtern der anderen war entweder auch ein Anflug von Belustigung oder aber das Aufblitzen von Panik in den Augen zu erkennen. »Wenn du das lustig findest Martin bitte, für mich ist das hier todernst und wenn du schon so was sagen mußt, mach' es zumindest so leise, daß dich die Wachen nicht hören können. Sonst kommen die vielleicht auf die Idee statt des Lagerchores, jemanden aus dem Volksempfän-

ger oder dem Grammophon singen zu lassen.« Es war
der Hagere, der gesprochen hatte.

»Schon gut«, der Dicke mit den wachen Augen machte
mit der Hand eine beschwichtigende Bewegung. »Laßt
uns mit ‚Im Frühtau zu Berge‘ anfangen, ich weiß daß
der Kommi da immer mitsummt. Richard, du singst die
neue Einleitung.« Ephraim sah ihn erwartungsvoll an.
Rick war überrascht, daß der andere sich plötzlich an ihn
gewandt hatte, so überrascht, daß er seine ersten Worte
stotterte. »Was, äh, was für eine Einleitung, können sie
mir nicht erst einmal sagen, wo wir hier sind und was das
ganze soll. Ich bin hier aufgewacht, ohne daß ich weiß
wieso, wie ich hierher gekommen bin.« Die anderen sahen
ihn mit Blicken an, die Unsicherheit darüber ausdrückten,
ob er Spaß machte oder verrückt geworden war. »Was soll
das Richard, für so einen Quatsch haben wir jetzt keine
Zeit, fang jetzt an, bitte!« Der Blick des Wortführers war
jetzt ernst geworden und ungeduldig. »Nein, bitte sagt
mir wo ich bin und wieso ihr so tut, als wenn wir uns
kennen und…«, er machte eine kleine Pause, »- ich heiße
Rick und nicht Richard.« Der wortführende große Mann
sah zu seinen Freunden. »Ich glaube Richard ist wirklich
krank. Er scheint das ernst zu meinen was er sagt. Ich
denke Lemberg hat ihn angesteckt mit seiner Panik und
seiner Flucht in eine andere Welt, ohne das Böse, ohne
Mörder und Opfer. Richard, geht's jetzt oder müssen wir
ohne dich singen? Du weißt, daß uns dann der erste Tenor fehlt?« Ephraim wurde jetzt ungeduldig.

»Singen kann ich schon, aber wir müssen proben, ich
kenne eure Lieder doch nicht«, antwortete Rick unsicher.
Ehe der Mann mit der gebückten Haltung etwas sa-

gen konnte, warf der Dicke ein: »Das kriegen wir schon hin Richard, wir proben jetzt, das ist am wichtigsten und wenn wir fertig sind, werden wir dir alles erklären, wenn du es bis dahin nicht schon selber wieder weißt. In Ordnung?«

Rick nickte schwach. Der Dicke wandte sich an den Wortführer, »na los Ephraim, du hast das Kommando.« »Gut, legen wir los, Richard bleibt da stehen, Martin und Karl stellen sich links daneben, Jakob, du stehst da«, er deutete mit seiner linken Hand auf einen Holzpfeiler, der in der Mitte des Raums stand und wohl dazu diente, die Dachbalken zu stützen, »ich und Hermann bleiben hier, damit wir uns alle gut hören können.« Alle schienen damit einverstanden zu sein und nahmen die ihnen zugewiesenen Plätze ein.

Und dann begannen sie mit der Probe, einer Arbeit, die Rick nie gemocht hatte, immer wieder die gleichen Lieder, die gleichen Passagen wiederholen, das war ermüdend. Rick mochte mehr die Atmosphäre eines Konzerts. Da spielte auch die Intuition eine Rolle, die Form eines bestimmten Abends und natürlich auch im großen Maße das Publikum.

Sie sangen alte Volkslieder die er kannte und schoben ihm unbekannte Lieder nach hinten oder strichen sie aus dem Repertoire. Die anderen halfen Rick so gut sie konnten, gaben ihm die Töne seiner Stimme und seinen Einsatz vor, konnten ihm aber nicht dabei helfen, diese Stimme mit Leben und Gefühl zu füllen. Das mußte er alleine tun. Er merkte bald, daß er unter ihnen der beste Sänger war. Er hörte es und sah es auch in ihren Augen, und er spürte die Atmosphäre der Faszination unter den anderen, wenn er einsetzte. Mehr und mehr gelang es ihnen, zu einem Klangkörper zusammenzuschmelzen, eins zu werden, nur einen Ton zu bilden, der an die Decke schwebte und wieder zu ihnen heruntersank, um sie in einen Teppich von Wohlklängen, musischer und freundschaftlicher Wärme zu hüllen. Sie merkten nicht, wie die Zeit um sie herum sich ins nichts auflöste und einen zeitlosen Raum der Kunst für sie erschuf, in dem sie sich ohne Druck bewegen und sich nur ihrer Inspiration hingeben konnten.

Als das schrille Signal das erste Mal ertönte, hatten sie gerade die letzte Wiederholung der dritten Strophe des Abschlußliedes beendet. Als sie zu singen aufhörten, konnte Rick die Erschöpfung aber auch die Befriedigung in den Gesichtern der fünf anderen lesen. Auch er fühlte sich gut. Er wußte, daß dieser Chor etwas besonderes war. Eine Mischung von eigenständigen- und von Chorstimmen, wie sie nur sehr selten zusammenkam, und mit der dann, wenn es doch geschah, etwas großes, etwas besonderes erreicht werden konnte. Dazu gehörte es auch, Menschen auf der ganzen Welt zu begeistern. In keiner der Bands in der Rick je gespielt hatte, hatte er jemals so gute Sänger gehabt. Das war ein großes Manko und hatte dazu geführt, daß sie meist ganz auf Chöre, auf mehrstimmigen Gesang verzichtet hatten, da er entweder schlecht klang oder viel zu viel Probearbeit erfordert hätte um ihn halbwegs akzeptabel zu machen.

Das zweite Signal schreckte sie alle aus ihren Gedanken, denen sie für Sekunden oder Minuten nachgehangen hatten, heraus. »So jetzt haben wir uns unser französisches Diner aber verdient«. Martin lachte, nachdem er das Wort Diner unnatürlich in die Länge gezogen hatte.

»Gut, nach dem Blockreinigen singen wir das ganze noch einmal durch und dann helfe uns Gott. Und – Richard, dann kümmern wir uns um dich und deinen Dachschaden.« Ephraim gab ihm einen Klaps auf die Schulter. Dann trotteten sie wieder aus der Hütte auf den Exerzierplatz. Diesmal stellte sich Rick auf, ohne daß ihm jemand sagen mußte, wie und wo er stehen mußte.

Die Männer die von der Arbeit gekommen waren sahen erschöpft aus und konnten sich kaum gerade halten. Sie versuchten aber ihr bestes, um ja niemandem der Uniformierten aufzufallen.

Ein Feldwebel erhob seine Stimme. »Die Arbeit wurde heute miserabel gemacht, ja gerade zu saumäßig. So wird die Straße nie fertig. Der Lagerkommandant hat befohlen, daß ihr morgen fünfhundert Meter mehr schaffen müßt als heute. Sonst werden bessere frischere Kräfte aus den anderen Lagern geholt und ihr geht nach Osten!« Die Männer neben mir erschraken hörbar. Sie schienen davor Angst zu haben, in den Osten gehen zu müssen. Aber konnte ein Lager noch schlimmer als dieses sein? Rick konnte es sich nicht vorstellen.

»Gruppe 1 und Gruppe 2 antreten zum Antretplatz reinigen, die anderen weggetreten zum Essen fassen.« Rick wurde wieder nach vorn geschoben. »Kommt los, damit wir die ersten sind, dann haben wir mehr Zeit die Lieder noch mal durchzugehen.« Der breitschultrige rothaarige, den sie Hermann nannten, war schon wieder in dem Holzbau verschwunden. Innen griff er unter sein

Bett und zog ein metallenes Eßgeschirr hervor. Auch hatten die anderen Barackenbewohner bald das blechern klingende Geschirr in der Hand.

»Ich habe keins«, dachte Rick, er konnte natürlich keins haben, er gehörte nicht hierher- oder aber doch? Wenn es nur ein Traum war, würde auch er sicherlich einen Eßnapf unter seinem Bett haben.

»Martin, kannst du mir bitte mein Geschirr holen, mir ist ein bißchen schwindlig«, bat Rick den Dicken. Der andere sah ihn zwar befremdet an, griff aber unter eines der Betten und hatte Sekunden später genau so einen grünen Napf in der Hand wie die anderen. Er gab ihn Rick. »Ich denke, daß du heut in einer anderen Welt bist Richard, aber solange du heut abend wie ein junger Gott singst, ist mir das egal. Du kannst dich ja morgen krank melden, vielleicht kommst du ja in den Hospital-trakt mit der üppigen brünetten Schwester.« »Mal sehn«, Rick wußte nicht, was er sagen sollte. Dann brach alles in der Hütte in schallendes Gelächter aus. »Kommt jetzt, lachen könnt ihr später, wir wollen unser Essen holen.« Ephraims Stimme war nun wieder ernst.

Draußen liefen sie über den staubigen Platz und stell-ten sich an einer immer länger werdenden Schlange an. Als Rick an der Reihe war, hielt er seinen Blechnapf ge-nauso nach vorne wie es die anderen vor ihm getan hat-ten. Der Häftling der das Essen austeilte gab mit einer Kelle einen winzigen Schlag einer hellen Flüssigkeit hin-ein, ein anderer gab ihm einen Stumpen Brot, kaum grö-ßer als ein Frühstücksei. Als er einen Moment verharrte, schrie ihn sein Hintermann an. »Weiter, wir haben auch Hunger!« Mitleidslos wurde er beiseite gestoßen. Seinen

Blechnapf in beiden Händen haltend, hielt er nach den anderen Ausschau. Dann sah er sie. Sie hatten sich zum Essen auf den Boden gesetzt und sich mit dem Rücken an die Barackenwand gelehnt.

Er setzte sich zu ihnen.

Alle aßen schweigend, alle, bis auf Rick.

Er hatte die Suppe probiert, sie aber für nicht eßbar gehalten. Die anderen schienen ihr Abendbrot zu genießen. Noch immer sprach niemand. Alle schienen sich nur noch um sich selbst, ihre Gedanken und die spärliche Portion Suppe und Brot zu kümmern. Nach einigen Minuten sagte der Dicke: »Wenigstens ist das Zeug heiß. Aber wieso glauben die, daß wir mehr arbeiten können, wenn die uns immer weniger zu essen geben?« Als er sah, daß Rick nichts aß, sagte er zu ihm: »Wenn du deine Suppe nicht willst, ich esse sie gerne.« Rick schob ihm seinen Napf wortlos rüber. Der Dicke schüttete ein wenig des Inhalts in die von seinen Chorfreunden hingehaltenen Blechschalen und dann aßen alle zufrieden weiter. Die Sonne, die sie eben noch in rotes Licht getaucht hatte, war jetzt verschwunden. Die anderen Hütten und der Platz in der Mitte des Lagers lagen in einem unwirklichen Zwielicht, wie es sich Maler oft herbeiwünschten, um ihre Pinsel in angemischte Farbe aus rot, gelb und grau tauchen zu können, um diese nur kurze Zeit verbleibende Stimmung auf ihre blaßweiße Leinwand übertragen zu können, um sie für immer zu bewahren. Der Stacheldrahtzaun hinter den letzten Baracken war nicht mehr zu erkennen.

Nach dem Essen rauchten alle. Sie hatten Rick auch eine selbstgedrehte Zigarette angeboten, dieser hatte aber gesagt, daß er sich das Rauchen abgewöhnt hätte, weil es zu gesundheitsschädlich wäre. Daraufhin hatten wieder alle gelacht und den Kopf geschüttelt.

Rick wartete bis alle aufgeraucht hatten, dann sagte er zu ihrem Anführer Ephraim gewandt: »Bevor wir jetzt noch üben, möchte ich, daß ihr mir endlich sagt, was hier los ist, wieso ich hier bin und…« Noch bevor Rick geendet hatte, fiel Ephraim ihm ins Wort. »Los gehn wir rein und sagen es ihm.« Er machte ein besorgtes Gesicht.

Eine halbe Stunde später saßen sie noch immer an dem einzigen kleinen Tisch in dem karg ausgestatteten Raum, den sie ihnen für ihre Proben und die Arbeit an den Noten hingestellt hatten. Sie wußten diesen Luxus zu schätzen. Stühle und Tische fand man sonst nur in den Schlafbaracken der Wachleute und in den Unteroffiziersunterkünften. Nur der Kommandant hatte eine richtige Sitzgarnitur mit einer Couch und zwei Sesseln.

Rick hatte zugehört und Fragen gestellt und dann und wann von sich und seinem Leben erzählt, daß er die Männer um sich herum heute das erste Mal sehen würde und am Abend eigentlich ein Konzert mit seiner Band in einer Kneipe in Wolterstadt hatte. Die anderen hatten ihn sprechen lassen, ohne zu erkennen zu geben, ob sie ihm glaubten oder doch für verrückt hielten, irr geworden durch die ständige Angst um das eigene Leben, das Leben der Angehörigen von denen man nicht wußte wo sie waren und durch die schwere Arbeit, die einem die letzte Kraft und den letzten Mut raubte.

Am Schluß wußte Rick, daß er in einem Konzentrationslager war, einem dieser grauenhaften Lager, die ihm schon in der Schule, immer wenn er davon hörte oder las, einen Schauer über den Rücken jagten. Begreifen konnte er seine Situation nicht, aber er wußte, daß sie so spürbar real war, daß er sich ihr stellen mußte, mitmachen mußte, solange bis er in seinem alten Metallbett in seinem Apartment schweißgebadet aufwachen würde oder man ihn in irgendeinem Hospital erklärte, daß er einen Autounfall gehabt und eine Woche im Koma gelegen hatte.

»Richard, wo du auch deine Heimat hast, wer du auch wirklich bist, eins ist klar, wir müssen heute besonders gut singen, also laßt uns anfangen.« Ephraim stand als erster auf.

Und wieder sangen sie die Lieder, die Richard gestern noch nicht gekannt hatte, ihm aber jetzt schon so vertraut waren, wie die Oldies, die er mit seiner Band spielte.

Sie waren zufrieden mit sich und ihrem Repertoire, als der Mann in der schwarzen Uniform in die Baracke kam. »Ihr sollt in zwanzig Minuten beim Kasino sein, meldet euch bei Unteroffizier Berg und ihr sollt euch waschen und ordentlich anziehen, damit der SS-Stabsoffizier einen guten Eindruck von euch kriegt. Also los!« Dann verschwand er wieder

Zwanzig Minuten später standen sie auf der kleinen Bühne des Offizierskasinos. Noch war das Kasino leer. Die Tische in dem ovalen Saal waren mit weißen Tischtüchern bedeckt und mit Blumensträußen in Porzellanvasen geschmückt. Der Mann, der wohl Unteroffizier Berg war, stand unterhalb der Bühne, als er in einem warmen Ton sagte: »In fünf Minuten müßt ihr wieder hinter der Bühne verschwunden sein, dann kommen die Gäste. Nach der Eröffnungsrede des Lagerkommandanten geht ihr auf die Bühne und singt das Heimatlied. Dann geht ihr wieder nach hinten und wartet auf euren Auftritt. Ich hoffe, ihr seid gut. Ihr wißt was das für euch bedeutet!« Er lächelte freundlich und verließ dann den Raum.

Bald hörten sie durch den schweren schwarzen Vorhang, wie der Saal sich füllte. Es war ein Gemisch aus Männer- und Frauenstimmen, aus harten, schrillen, weichen und befehlenden Stimmen. Stimmen von Offizieren und Unteroffizieren, die es gewohnt waren, laut zu sprechen und keine Widerworte zu dulden und solchen, die sich charmant und in einem Plauderton mit anderen unterhielten.

Nach einiger Zeit begann der Lagerkommandant mit seiner Rede.

Es war eine Ruhmesrede über die Moral, die Tapferkeit des Volkes und die Erbärmlichkeit des Feindes. Sie handelte von einer Vergangenheit, die man auslöschen wollte und einer glorreichen Zukunft, die bald Wirklichkeit werden sollte, wenn alle Ziele erreicht waren. Rick traute seinen Ohren nicht. Da war nur Haß und Spott und Menschenverachtung. Und für diese Menschen sollten sie singen? Aber ihm war schon lange klar geworden, daß es hier nicht um eine kleine freiwillige Gesangseinlage bei der Jubiläumsfeier eines Kegelclubs ging, sondern um etwas was man tun mußte um zu überleben. Eine Wahl gab es für sie nicht.

Als sie dann auf der Bühne standen, sahen sie reich gedeckte Tische vor sich, Männer in Galauniformen und

Männer in bürgerlichen schwarzen Anzügen und dazwischen immer wieder, wie ein Farbtupfer in einer grauen Welt, Frauen in bunten Kleidern, die erwartungsvoll zu ihnen hoch blickten.

Ihr *Heimatlied* war noch geprägt von Nervosität und es klang nicht so perfekt, wie eben noch in der Baracke. Die Zuhörer schienen diesen Unterschied aber nicht bemerkt zu haben, denn sie klatschten noch, als sie schon hinter dem Vorhang verschwunden waren.

Bis zu ihrem zweiten Auftritt dauerte es lange. Sie hörten das Lachen der Frauen, das Klingen der Gläser und die fröhliche Ausgelassenheit, von der sie viele graue Tage und dunkle Nächte entfernt waren und die sie sich auch nicht mehr vorstellen konnten. Sie waren müde und saßen gedankenversunken, jeder für sich, auf dem Holzboden des kleinen Raums hinter der Bühne.

Doch dann war es soweit, sie wurden zu ihrem Auftritt gerufen. Unteroffizier Berg wünschte ihnen noch viel Glück und ging dann, um seinen Platz im hinteren Teil des Saals wieder einzunehmen.

Es herrschte Stille in dem Zuschauerraum, als sie sich an diesem Abend zum zweiten Mal auf der Bühne aufstellten.

Sie begannen mit *Eine kleine Frühlingsweise* und sangen dann deutsche Volkslieder. Sie sangen sich in einen Rausch der Emotionen und wurden immer wieder durch den starken Applaus der Menschen vor sich zu neuen Höhenflügen angestachelt. Rick's Tenor schwebte über den Stimmen der anderen und ergriff das Publikum. Einige der Frauen schien es bei den Melodien der Lieder und der Wärme der Stimmen zu frösteln, denn sie zogen dann und wann unbewußt ihre Stola hoch, obwohl es in dem Raum so warm war, daß Rick am liebsten sein Hemd ausgezogen hätte.

Der Abend wurde zu einem Triumph der Musik, zu einem Triumph des Lagerchores und einem persönlichen Triumph seiner einzelnen Mitglieder. Als sie endlich das letzte Mal von der Bühne gingen hatten sie drei Zugaben geben müssen.

Sie wußten, der Kommandant würde mit ihnen zufrieden sein. Unteroffizier Berg hatte sie hinter der Bühne beglückwünscht und Ihnen mehr Zeit für die Proben versprochen. Sie wußten, daß sie, wenn es wirklich stimmte und sie mehr Zeit mit dem Singen verbringen konnten, viel gewonnen hatten.

Sie waren in guter Stimmung, als sie wieder in ihrer Baracke waren. Müde, aber trotz ihrer hoffnungslosen Gesamtsituation glücklich, – für einen Moment glücklich. Rick hatte immer gewußt, daß das einzige, was ihn auf dieser Welt – war dies seine Welt? – zufrieden machte und ihn eine tiefe innere Ruhe und Genugtuung spüren ließ, das Singen war. Allein oder vor anderen Menschen, Zuschauern oder auch nur Passanten, die für einen Augenblick stehenblieben und sich seine Lieder anhörten.

Er wurde aus seinen Gedanken gerissen, als Karl von seinem Bett sprang. »Mist, ich habe die Noten drüben vergessen, und die Stimmpfeife. Ich geh schnell rüber und hol sie, bevor die Wachen sie einstecken und verkaufen.«

»Ich komm´ mit«, rief Rick, für sich selbst überraschend spontan.

Sie hasteten zurück zum Kasino, duckten sich im

Halbdunkel, damit sie möglichst von niemandem, insbesondere nicht den Wachen gesehen werden konnten. Nicht das ihr Verhalten im Lager verboten war, aber aufzufallen war nie gut. Niemand achtete auf sie, weil das Hauptaugenmerk der Bewachung regelmäßig auf die Lagergrenzen, die Zäune und Tore gerichtet war. Was im Lager selbst geschah war dem gegenüber zweitrangig. Dies hatte Rick schon in dieser kurzen Zeit herausgefunden. Er wußte, daß Aufstände hier keine Chancen hatten. Die Häftlinge waren zu schwach, zu ausgemergelt und meist zu gebrochen, um geordneten sinnvollen Widerstand leisten zu können.

Gerade als Rick die Tür zum provisorischen Garderobenraum öffnen wollte, hörte er dahinter eine Stimme, die ihn innehalten ließ.

Es war nicht gerade klug, unangemeldet in einen Raum zu gehen, in dem sich Menschen aufhielten, die die Macht hatten und diese auch nutzten, soviel war Rick in den wenigen Stunden, die er das Lager erlebt hatte, klar geworden. Karl hielt ihn unnötigerweise zurück. »Bloß nicht reingehen, das gibt nur Probleme, los geh´n wir zurück. Die Noten kann ich auch morgen irgendwie bekommen.« Diesmal hinderte Rick den anderen am Gehen. »Warte, laß uns hören, was sie sagen.« Unwillig blieb Karl stehen. Rick konnte in seinem Gesicht lesen, daß er Angst hatte, Angst, gesehen zu werden. Trotzdem wartete er. Durch die dünne unabgedichtete Tür hörten sie deutlich das Gespräch, das sie erschauern ließ. Die sonore Stimme mußte dem Lagerkommandanten gehören. »Herr Unteroffizier, ich weiß, daß Sie ein Faible für unsere Künstler haben und soweit ich weiß, auch Mitleid für die Häftlinge, aber Sie werden wissen, daß Ihre Gefühle hier keine Rolle spielen. Es ist von ganz oben angeordnet worden, daß das Lager aufgelöst wird. Und nur die Stärksten, die uns am nützlichsten sind, werden mitgenommen. Eine Wahl bleibt mir genauso wenig wie Ihnen. Sie wissen selbst, ich wäre lieber hiergeblieben, dann hätte ich am meisten für diese Männer tun können, ihnen ihr Dasein zumindest ein bißchen menschlich zu gestalten, aber«, er machte eine wegwischende Geste, »wir beide werden die Welt nicht ändern – und«, er machte eine kleine Pause, »auch müssen wir an uns selbst denken«.

Die andere Stimme klang leiser, nicht so hart wie die erste. »Aber wenn wir dem Oberstleutnant Vorschläge machen« könnten, wer mitgenommen wird?« »Ach, Sie wissen genauso gut wie ich, daß wir dran sind, wenn die von der SS feststellen, daß wir die Listen manipuliert haben. Übermorgen wird das Lager aufgelöst, mit oder ohne uns, lassen Sie uns schlafen gehen.« Dann hörten Rick und Karl nur noch die sich entfernenden Schritte der beiden Offiziere.

Rick zog die Tür langsam auf, spähte hindurch, sah aber niemanden mehr. Karl huschte an ihm vorbei, ergriff die auf dem Boden in der Mitte des Raumes liegenden Noten und rannte wieder hinaus in die halbdunkle Nacht.

Beide sprachen nicht, bis sie wieder bei ihren Freunden waren. Sie erzählten ihnen was sie gehört hatten und lauschten dann den ernsten Worten Ephraims: »Das bedeutet nichts anderes, als daß sie uns und die meisten anderen hier lassen wollen, aber nicht in diesen Baracken oder in Freiheit, sondern irgendwo darunter, er deutete auf den Fußboden. Sie werden uns töten, ohne Mitleid, einfach so, weil sie uns nicht mehr brauchen können. Dies ist unsere letzte Nacht. Wir müssen es heute tun, das ist unsere letzte Chance.« Und nun erfuhr Rick, daß sie schon lange den Plan hatten zu fliehen und sich dafür einige Werkzeuge gebastelt und sie dann versteckt hatten. Alle wußten, daß eine Flucht so gut wie unmöglich war und fast einem Todesurteil gleichkam, aber jetzt hatten sie nichts mehr zu verlieren.

Rick wußte in seiner aufkommenden Panik und der Erkenntnis, daß er immer noch in diesem Alptraum gefangen war, nicht anderes zu tun, als sich seinen Chorkameraden anzuschließen.

Zwanzig Minuten später begannen sie konzentriert mit den Vorbereitungen. Mit mitgebrachter Erde schwärzten sie ihre Gesichter. Aus ihren Kopfkissen und unter losen Bohlen des Holzbodens suchten sie ihre selbst gebastelten Werkzeuge hervor und verstauten sie in ihren Taschen. Rick bekam so etwas ähnliches wie eine Zange von Karl gereicht und steckte sie in seinen Hosenbund unter sein Hemd.

Sie sprachen noch einmal ihr weiteres Vorgehen ab und dann warteten sie. Sie warteten bis zu dem Zeitpunkt der Wachablösung nachts um drei Uhr. Ephraim erklärte Rick, daß dann die größte Wahrscheinlichkeit bestand, daß die neuen Wachen noch unkonzentriert waren, weil sie erst gerade mit ihrer Tätigkeit begannen und ihre Augen sich noch an das Beobachten gewöhnen mußten.

Sie krochen einer nach dem anderen unter der Baracke

hindurch in nördlicher Richtung, wo die Achillesferse der Lagerumzäunung liegen sollte. Jedenfalls hatte Karl das gesagt. Er hatte zufällig ein Gespräch zweier Wachsoldaten über diese Tatsache gehört. Die Beleuchtung sollte dort einen kleinen Schatten erzeugen, der ihnen das Durchschneiden des Zaundrahtes relativ gefahrlos ermöglichen sollte.

Rick schien es, als seien Stunden vergangen, trotzdem er wußte, daß es höchstens zehn Minuten her gewesen sein konnte, seit sie den Schutz der Baracke verlassen hatten und bis an den Zaun gekrochen waren.

Karl und Martin versuchten mit ihren improvisierten Werkzeugen den Zaun zu zerschneiden, ohne daß die daran angebrachten Glocken läuteten, oder die Hunde aufmerksam wurden. Eine halbe Stunde später war es geschafft, sie hatten ein mannsgroßes Loch in den Draht geschnitten. Wenn sie den Zaun hinter sich hatten, mußten sie über die Lichtung laufen. Rick wußte, daß dann, wie die anderen erzählt hatten, sie unweigerlich an die gespannten Drähte kommen würden, die mit starken Lampen verbunden waren, die, sobald der Kontakt durch eine Bewegung hergestellt war, die Freifläche in gleißendes Licht setzen würden. Dann mußten und konnten sie nur noch rennen. Jeder in eine andere Richtung. So schnell, daß sie den Gewehrkugeln der Wachsoldaten entgingen und in dem nahen Wald in das Dunkel eintauchen konnten, das sie davor schützen würde, gesehen und von Kugeln durchsiebt zu werden. Rick schob sich als letzter durch das Loch im Zaun. Die anderen hatten dahinter warten wollen, bis er da war. Dann wollten sie gemeinsam losrennen und dabei zu Gott beten, daß sie durchkamen. Wie es weitergehen sollte, nachdem sie im Wald waren, wollten und mußten sie dann spontan jeder für sich entscheiden.

Aber ehe Rick seinen Körper noch ganz durch die kleine Öffnung geschoben hatte, rannte Jakob, der ängstlichste von ihnen, los. Die Lichter gingen an und die Lichtmasten warfen ihr taghelles Licht über die freie Fläche zwischen Lager und Wald. Sirenen heulten los, Menschen schrien aufgeregt Befehle und Hunde bellten. »Los Rick, jetzt jeder für sich selbst, rennt um euer Leben!« Dann hörte er Ephraim nicht mehr. Nur noch das Peitschen der Schüsse, die seinen Freunden galten. Ihn schienen sie noch nicht gesehen zu haben. Er geriet in Panik, wußte nicht, ob er zurück oder vor sollte. Durch seine hektischen Bewegungen verhakte sich sein Hemd in den losen bedrohlichen Drahtenden des rostenden Zaunes, der ihn, als habe er einen eigenen diabolischen Auftrag, nicht mehr loslassen wollte. Er zog mit seinem ganzen Körper, um sich frei zu machen. Rick sah den schweren Metallpfeiler, den er aus der Verankerung gerissen hatte noch auf sich zu kommen, ehe er mit voller Wucht am Kopf getroffen wurde. Mit dem Gedanken, daß jetzt alles verloren war, unwiederbringlich zu Ende, versank sein Bewußtsein in der Tiefe des Nichts.

Er erwachte ein zweites Mal. Diesmal lag er wieder auf der Bank, auf der er sich ausgeruht hatte und die Vögel, die noch eben stumm waren, zwitscherten wieder. Er setzte sich auf. Noch einmal las er die Inschrift auf dem Gedenkstein und, trotzdem es sehr warm war, fröstelte ihn. Seine Kopfschmerzen verschwanden allmählich, als er die eiserne Pforte hinter sich schloß und über die

Lichtung zurück in Richtung seines Autos ging. War die Lichtung ein Teil der damaligen Anlage gewesen? durchfuhr es ihn, als er an der Holzschranke ankam. Er drückte sich an ihr vorbei, warf noch einen Blick zurück und öffnete dann die Fahrertür seines Toyotas. Er überlegte kurz, ob er den Sitz zurückfahren sollte um noch ein bißchen zu schlafen, wurde sich aber schnell bewußt, daß sein Puls zu rasant schlug und seine Gedanken zu verwirrend waren, als daß es ihm möglich gewesen wäre, die innere Ruhe für einen friedlichen Schlaf zu finden. Auch spürte er in sich die Angst vor dem, was ihn in einem erneuten Schlaf erwarten könnte. Er ließ den Wagen an und wendete. Er blinkte rechts und fuhr auf die Landstraße, die ihn wieder zur Hauptstraße führen sollte, zurück. Noch eine knappe Stunde Fahrt, dann war er bei seinen Freunden, bei seiner Band. Und dann mußte er gut gelaunt Musik machen, egal wohin ihn seine Gedanken, seine Erinnerungen an diesem Abend noch tragen würden.

Er drückte das Gaspedal durch und schaltete das Radio ein. Sie spielten gerade *Nights in white satin*. Er sang dazu.

Pfarrer Schneiders erstes Abenteuer

Vorsichtig schob sich ein Tablett durch die fast zu enge Türöffnung. »Warten Sie, ich helfe Ihnen«, sagte Pfarrer Schneider und stand aus seinem schweren ledernen Ohrensessel auf. »Nicht nötig Herr Pfarrer, bleiben Sie nur sitzen«, erwiderte Frau Haslbeck eine Spur zu grimmig. Ächzend setzte Sie das Tablett mit dem Kaffee und dem Stück Torte auf dem ovalen Wohnzimmertisch ab. »Ist Ihnen eine Laus über die Leber gelaufen Frau Haslbeck?« fragte der Pfarrer und schmunzelte. »Sie wissen ganz genau worüber ich mich ärgere.« »Keine Spur, habe ich mir was zu Schulden kommen lassen?« Für einen Pfarrer klang die Frage etwas zu scheinheilig, aber Frau Haslbeck schien dies nicht zu bemerken. »Bei einer Demonstration mitzumachen und das in Ihrem Alter und dann noch für solch eine Sache, das gehört sich einfach nicht für einen Mann in Ihrer Stellung«, sagte Frau Haslbeck vorwurfsvoll und schlug die Hände über dem Kopf zusammen, was die angedeutete Unsinnigkeit der *Tat* von Pfarrer Schneider noch untermauern sollte. »Es war für eine gute Sache und ein Geistlicher muß immer ein vorbildhaftes Benehmen zeigen, erst recht im öffentlichen Leben. Und diese Demonstration war für einen ausgesprochen guten Zweck.« Der Pfarrer nahm einen zaghaften Schluck von dem Kaffee, weil er befürchtete er könne sich verbrennen. »Man kann die Demonstration gegen die Unterdrückung der Männer durch die Frauen wohl kaum einen guten Zweck nennen. Ebenso gut könnten Sie für die Zulässigkeit von Harems in Deutschland demonstrieren«, antwortete Frau Haslbeck mit angewidertem Blick. »Sie sollten auch ab und zu ein Stück Torte essen liebe Frau Haslbeck, das macht ausgeglichen.«

»Und dick«, schoß es aus der Haushälterin des Pfarrers hervor, »Ihnen könnte es auch nicht schaden, öfter mal auf das süße Zeug zu verzichten Herr Pfarrer.« »Soll ich etwa eine Diät machen«, fragte Pfarrer Schneider und mußte lachen, »ich habe einen kleinen Bauch und der bleibt auch, schließlich sind magere Menschen oft unausgeglichen und außerdem«, er machte eine kleine Pause, »außerdem predigt sich's nicht gut mit leerem Magen.« Mit einem Wink stoppte er seine Haushälterin, die gerade etwas erwidern wollte. »Ach liebe Frau Haslbeck, haben Sie mir ein frisches Hemd rausgelegt? Ich beginne ja heute mit der großen Sammlung für unseren Billiardtisch.« Er schaute nach oben, wohl in Richtung Himmel, sah aber nur die Decke und senkte den Blick wieder. »Es liegt auf der Kommode, frisch gewaschen und gebügelt, damit Sie zumindest was Ihre Kleidung betrifft, einen guten Eindruck machen. In bezug auf Sie kann man das ja nie wissen«, antwortete die Haushälterin und verschwand aus der Tür.

Der Pfarrer schmunzelte leise und widmete sich seinem Kuchen. Irgendwie erinnert mich der Tag heute an einen ähnlichen Tag in einem Buch, dachte er, als er die Tür der Pfarrei hinter sich schloß und mit der kleinen roten Büchse in der Hand die fünf Stufen zum Weg durch den bunten, liebevoll gestalteten Garten hinunterging. Er durchquerte das kaum einhundert Quadratmeter große, zur Pfarrei gehörende Grundstück, öffnete die hölzerne

Pforte, die wie immer jämmerlich quietschte und trat auf die Straße hinaus. Er hatte sich genau überlegt, wo er anfangen und was er sagen wollte. Sicherlich würden die meisten Bewohner des kleinen Dorfes, in dem er nun schon beinahe zehn Jahre seinen Dienst versah, eine Kleinigkeit geben, schon aus dem Grund nicht als Geizhälse, sondern als Mitstreiter für eine gute Sache dazustehen. Aber eine Kleinigkeit, überlegte Pfarrer Schneider, auch wenn sie von vielen käme, würde nicht ausreichen um in absehbarer Zeit einen Billiardtisch für das Gemeindezentrum zu bestellen und aufbauen zu lassen. »Wir brauchen einen großzügigen Spender, jemanden, der Vermögen hat und dies auch für die Kirche einsetzen will«, brummte Pfarrer Schneider leise vor sich hin. »Aber woher nehmen und nicht stehlen«, geistesabwesend bog er um die Ecke in die Eibenstraße, wo er den ersten Spendewilligen anzutreffen hoffte.

Die aufdringliche Glocke bimmelte so heftig, als müsse der Ort vor einer drohenden Flutkatastrophe gewarnt werden. Pfarrer Schneider schloß die Tür hastig, als auch schon eine Gestalt in einem weißen Kittel, der an einigen Stellen rot bespritzt war, hinter einem Vorhang hervorschoß und sich hinter den langen Tresen stellte.

»Ach guten Tag Herr Pfarrer, was darf's denn sein?« begrüßte der Inhaber des kleinen Lebensmittelladens den Geistlichen. »Kaufen wollte ich eigentlich nichts, dafür ist die gute Frau Haslbeck zuständig. Eigentlich wollte ich etwas von Ihnen haben, was für den Magen doch etwas unverdaulich wäre«, sagte der kleine Mann in Schwarz. »Wie Sie sicher aus dem letzten Gottesdienst wissen, möchte ich für die jüngeren der Gemeinde eine kleine Attraktion aufstellen lassen, damit sie auch ab und zu in die Kirche und in das Gemeindezentrum kommen. Ich habe diese Büchse mitgebracht«, der Pfarrer hielt die Sammelbüchse hoch, »ich habe auch extra einen Schlitz hineinmachen lassen, damit die weichherzigen Spender auch Scheine hineinstecken können, dann brauch` ich nicht so oft zu kommen.« Pfarrer Schneider hielt seinem Gegenüber die Dose direkt vor die Nase. »Das Geschäft geht im Moment nicht sehr gut Herr Pfarrer, jetzt wo der neue Supermarkt eröffnet hat, sind meine Einnahmen sehr zurückgegangen«, antwortete der Kaufmann und versuchte so zu schauen, als hätte er seit Tagen nichts mehr zu essen bekommen.

»Wenn man sich mal die Liste der stillen Teilhaber des neuen Supermarktes anschaut, wird man zu dem Schluß kommen, daß es Ihnen gar nicht so schlecht gehen kann Herr Karlsen«, erwiderte der Pfarrer spitzbübisch, wobei sich die Flügel seiner breiten kurzen Nase ein wenig nach oben schoben. »Woher wissen Sie das denn nun schon wieder Herr Pfarrer«, Karlsen errötete, »man muß mit der Zeit gehen, kleine Läden laufen eben nicht mehr so gut und ich muß auch an die Zukunft denken«, verteidigte er sich. »Und Ihrer weisen Voraussicht wird es die Gemeinde wohl auch zu verdanken haben, daß ich mit Ihrem Beispiel einer großzügigen Spende zu den anderen Mitgliedern unserer Gemeinde gehen kann.«

Karlsen resignierte sichtlich. »Nun ja, jetzt haben Sie mich wohl«, nun lächelte auch der Inhaber des Lebensmittelgeschäfts. Etwas theatralisch öffnete er seine Kasse und holte einen Zehneuro-Schein hervor. Als er jedoch sah wie der Geistliche fast unmerklich den Kopf einige Male kurz von einer Seite zur anderen bewegte, als wolle er: »Na ja, ob das als gutes Beispiel ausreicht, um andere zu angemessenen Spenden zu bewegen«, sagen, ließ er den Zehner schnell wieder verschwinden und zog einen Zwanzigeuro-Schein heraus, den er dem Pfarrer mit einer generösen Geste übergab.« Der kleine schwarz gekleidete Kirchenmann faltete den Schein blitzschnell und schob ihn in den Schlitz der Büchse. »Ich danke Ihnen herzlich im Namen der Kirche und aller die sich zum Gottesdienst bei uns versammeln werden und sich auf ein schönes neues Spiel freuen. Auf Wiedersehen mein Sohn«, verabschiedete sich Pfarrer Schneider, »wir sehen uns dann sicherlich am Sonntag in der Messe. Dort werde ich mich noch einmal besonders für die Großzügigkeit der Gemeinde bedanken.« Der Pfarrer trat wieder in das mittlerweile warme Sonnenlicht. Seine Miene ließ erkennen, daß er zufrieden mit sich war. Er konnte nicht mehr sehen, daß der Händler ihm durch die große Schaufensterscheibe mißmutig hinterhersah.

In den zurückliegenden Stunden hatte sich die Sammelbüchse merklich gefüllt. Sie war nun schon so schwer, daß Pfarrer Schneider sie abwechselnd in der linken und rechten Hand tragen mußte. »Jetzt kann ich bald Schluß machen für heute, das reicht wohl fürs erste«, dachte er und schritt den Berg zur historischen Villa des ehemaligen Landherren der kleinen Gemeinde hinauf. Der alte Graf war aber schon vor Jahren verstorben, wie der Pfarrer wußte und das Haus wurde seitdem an Leute aus der Großstadt vermietet, die dort Ruhe und Erholung von der Hektik der Stadt suchten.

Für einen Moment glaubte er, das Haus sei unbewohnt und er müsse umkehren, dann aber sah er in der halb geöffneten Garage, die seitlich an das Haupthaus geklebt zu sein schien, das Heck eines roten Kleinbusses, das ihm sagte, daß er den beschwerlichen Weg wohl doch nicht umsonst gemacht hatte. Er schritt den Kiesweg entlang und stand wenige Sekunden später vor dem hohen Portal der überdimensional großen Eingangstür. Er suchte nach einer Klingel und fand diese nach einiger Mühe unter einem Ableger des wilden Weins, der sich über die ganze Fassade des alten Gebäudes ausgebreitet hatte und das triste Grau der Mauern in ein lebendiges Grün verwandelt hatte.

Pfarrer Schneider hörte die Klingel im Inneren des Hauses läuten, als er den Knopf betätigte. Er wartete. Niemand schien das Signal gehört zu haben, denn die Tür blieb verschlossen und auch im Haus war kein Laut zu hören. Seine Hand drückte erneut, diesmal zweimal in kurzen Abständen, auf den Klingelknopf. Wieder war im Haus nur das Klingeln zu hören. Sonst blieb es still. Obwohl der Pfarrer bei seinen Gängen zum Sammeln von Spenden stets hartnäckig war, schien ein weiteres Warten keinen Erfolg zu versprechen. Er drehte sich um, ging ein Stück von dem Haus weg, drehte sich wieder und schaute, ob er in den oberen Räumen ein Lebenszeichen entdecken konnte. Aber auch dort wirkte alles still und unbenutzt. Die Fenster waren geschlossen und die Vorhänge zugezogen. »Ein Blick ums Haus wird nicht schaden«, dachte sich der Mann mit der Sammelbüchse, »vielleicht ist jemand im Park und hat das Klingeln nicht gehört.« Der Sand knirschte unter seinen Schuhen, als er an der rechten Seite zwischen der Villa und der parallel zu ihr verlaufenden Brombeerhecke hindurch zu dem hinteren Teil des Gebäudes ging. Als er um die Ecke kam, lag vor ihm ein mittelgroßer Park, dessen Zentrum eine Springbrunnenanlage war. Nach links und hinten grenzte ein dichter Wald an das Grundstück. Der Park wirkte heruntergekommen, als habe sich lange niemand mehr um ihn gekümmert. Unkraut wucherte überall und der Marmor des Brunnens war teilweise schon grün durch Moos, das ungehindert wachsen konnte. Pfarrer Schneider blickte sich um, wobei ihm die steinerne Treppe auffiel, die in der Mitte der Hausrückseite unter die Villa führte. Als er näher kam bemerkte er, daß die Kellertür halb offen stand. Er hielt sich an dem alten verrosteten Geländer fest, als er die steilen Stufen hinunterging. »Hallo, ist da jemand?« Er glaubte ein Geräusch gehört zu haben. »Hallo, ich komme im Auftrag der Kirche«, rief er erneut. Das wirkte fast immer, um die Leute aus ihren Verstecken hervorzulocken.

Nun war er sicher, ein Geräusch gehört zu haben. Schritte näherten sich. Der Pfarrer stieg wieder einige Stufen hinauf um dort seinen zukünftigen Spender zu erwarten.

Der dunkelhaarige Mann mußte seinen Kopf senken, als er durch die Kellertür trat, da er sonst an den runden Türbogen angestoßen wäre. Der Pfarrer schätzte die imposante Größe des Mannes im mittleren Alter auf mindestens 1.90 Meter. Die Stimme des Mannes war genauso gewaltig wie seine Erscheinung, nur die Augen verrieten Überraschung und Unsicherheit. »Guten Tag, kann ich Ihnen helfen, äh Herr Pastor?« Erst jetzt schien er das

Gewand des Geistlichen bemerkt zu haben. »Ja mein Sohn, das können Sie sicherlich. Wohnen Sie hier schon lange?« »Nein, wir haben das Haus nur für die Ferien gemietet und die sind bald um«, sagte der Andere eine Spur zu unterkühlt. »Aber um was geht es?« »Ich weiß nicht, ob sie schon davon wissen, aber wir sammeln, das heißt, ich sammle für einen Billiardtisch, der im Gemeindezentrum aufgestellt werden soll. Eigentlich hätten wir in der Kirche auch einen neuen Altar gebrauchen können, aber ich glaube die Anschaffung eines Billiardtisches hat mehr Einfluß auf das Erscheinen der Jugend im Pfarrzentrum, als es ein neuer Altar hätte. Man muß mit der Zeit gehen, die Jugend muß angesprochen werden, alles weitere ergibt sich dann schon«, schloß der Pfarrer. »Das ist mal eine gute Idee Herr Pastor, warten Sie«, er zog aus seiner Jackentasche ein Portemonnaie und entnahm ihm einen Fünfzigeuro-Schein. »Bitte, ich hoffe, daß sie damit etwas anfangen können«, er überreichte das Geld Pfarrer Schneider.

Dieser war über die Großzügigkeit des anderen überrascht. »Das ist ja fast zuviel mein Herr, aber je eher wir den Tisch aufstellen können, desto besser. Also, vielen Dank im Namen der Kirche und all derer, die ihre Freude beim Spiel haben werden. Ich habe da noch eine andere Bitte Herr…?« »Weiland«, half ihm sein gegenüber. ».Weiland, ich wollte schon immer mal das Innere dieser alten Villa sehen, wäre es möglich, daß sie mir einige der interessantesten Räume zeigen?«, der Pfarrer brachte die Bitte schüchtern hervor, als fordere er etwas ungebührliches. Der andere schaute nervös an dem Pfarrer vorbei, als er antwortete. »Das geht momentan leider nicht, ich habe gerade etwas sehr dringendes in der Stadt zu erledigen, soll ich Sie ein Stück mit dem Auto mitnehmen?« Weiland hatte das Gespräch abgebrochen. »Schade, aber vielleicht ein anderes Mal, vielen Dank auch, aber ich gehe zu Fuß, auf Wiedersehen.«

»Auf Wiedersehen Herr Pastor.« Pfarrer Schneider drehte sich um und ging um das Haus zurück, um auf die Straße, die er hochgekommen war, zu gelangen. Aus den Augenwinkeln sah er noch, wie der Mann wieder im Keller verschwand. Dann hörte er schwach, wie die Kellertür abgeschlossen wurde.

Merkwürdig, daß der Fremde es plötzlich so eilig hatte, dachte der Pfarrer und blieb im Schatten einer großen Eiche an der Straße stehen, von wo aus er einen guten Überblick über die Eingangstür der Villa und die Garage hatte. Früher hatte ihn seine Mutter oft neugierig gescholten und trotz dem ihn diese Kritik immer geärgert hatte und er oft gelobt hatte, sich nicht mehr so intensiv um die Dinge anderer zu kümmern, hatte er diese Eigenschaft bis heute nicht ablegen können. Neugier hatte aber auch oft seine guten Seiten, ohne eigene Initiative hätte er von vielen Problemen der Gemeindemitglieder nichts gewußt, da sie verschwiegen wurden, aus Scham oder anderen Gründen. Und, ohne ein Problem erkannt zu haben, konnte man nicht helfen, rechtfertigte er sich vor sich selbst, als er auf das Erscheinen des großzügigen Herren wartete.

Aber er kam nicht. Der Wagen in der Garage blieb an seinem Platz. »Komisch«, sinnierte der Pfarrer, »hatte der andere Mann nur eine Ausrede benutzt, damit er mir das Haus nicht zeigen mußte? Wer die Unwahrheit sagt, hat meistens etwas zu verbergen!« Er sagte sich, daß ein Pfarrer in seiner Gemeinde Bescheid wissen mußte und ging noch einmal zum Haus zurück. Gehen war eigentlich nicht der richtige Ausdruck. Der Pfarrer schlich von einem Versteck zum anderen, in der Hoffnung nicht gesehen zu werden, da er fürchtete sonst keine Beobachtungen machen zu können.

Pfarrer Schneider legte sich vorsichtig auf den Boden und versuchte in das Kellerfenster zu spähen. Zuerst sah er nichts was interessant gewesen wäre, dann aber kam der Hüne in den weiß getünchten Raum und hob ein Paket vom steinernen Fußboden auf. Dem Mann war nicht anzusehen, ob das Paket schwer oder leicht war, als er es aus dem wohl knapp 10 m² großen Raum trug. Ansonsten war das Kellerabteil vollständig leer. Gerade als er sich wieder aufrichten wollte, weil es nichts Interessantes mehr zu sehen zu geben schien, hörte er eine Stimme, die nicht von dem Mann mit dem er eben Bekanntschaft gemacht hatte, stammen konnte. Er mußte genau zuhören, damit er alles verstehen konnte, denn diese Stimme war dünner und nicht so hart wie die des anderen. »Ich bin gespannt, was ich mit dem ganzen Geld anstellen werde, das wir für ihn bekommen, möglicherweise kaufe ich mir eine Villa auf Hawaii, wär‘ doch nicht schlecht oder?« Er schien mit dem Hünen zu sprechen. »Wart‘s erst mal ab«, kam es von der vertrauten Stimme, »erst mal muß das jetzt alles so laufen, wie wir es uns vorgestellt haben. Vorher sollten wir uns ruhig verhalten, denn der Heini von der Kirche stand ja auch völlig unerwartet draußen, wir müssen auf das was wir sagen aufpassen und auch auf das, was wir tun.

Nur nicht auffallen«, fügte er hinzu. »Also frag jetzt auf keinen Fall einen Immobilienmakler, ob er nicht ein Traumhaus in der Südsee für dich hat.« »Klar Martin, aber ein bißchen träumen wird man ja wohl dürfen«, gab der zweite fröhlich zurück. Dann entfernten sich die Stimmen und es blieb ruhig. Geschwind stand der Pfarrer auf und lief zurück zur Straße, da er befürchtete, einer der Männer werde aus dem Haus kommen und ihn beim Lauschen erwischen.

Nachdenklich ging Pfarrer Schneider die Straße zum Dorf zurück. Er war nicht sicher, was er von der Unterhaltung halten sollte. Ging seine Phantasie mit ihm durch, wenn er glaubte, daß in dem Haus etwas Ungesetzliches geschieht, oder hatte er das Gehörte richtig gedeutet? Er beschloß beim Abendbrot darüber nachzudenken. Irgendwie erinnerte ihn das ganze an etwas – er wußte bloß nicht an was.

»Sie haben ja mehr Erfahrung in solchen Dingen, deshalb wollte ich Sie auf jeden Fall um Rat fragen. Ich werde es erst mal so machen, wie Sie es vorgeschlagen haben. Dann sieht man weiter. Alles Gute.« Er legte den Hörer wieder auf die Gabel und widmete sich der prall gefüllten Sammeldose. Er schloß sie auf, ließ das Geld auf den Tisch fallen und begann zu zählen.

Es verstrich gut eine halbe Stunde, bis er alles zusammengerechnet und zweimal geprüft hatte. »347,23 Euro das ist eine stolze Summe«, sagte er zu sich, als es vor seinem Wohnzimmer, das er auch als Büro benutzte, polterte. Er ging zur Tür und öffnete sie. »Frau Haslbeck, Sie haben doch nicht etwa gelauscht, Sie wissen doch, daß man das nicht tut«, sagte der Pfarrer amüsiert.

»Quatsch«, kam es von seinem Gegenüber zurück. Frau Haslbeck nahm die helfende Hand des Pfarrers und zog sich daran hoch. »Ich wollte Sie nur zum Abendessen rufen und bin da über dieses blöde Ding gestolpert.« Vorwurfsvoll zeigte sie auf das Skateboard, das umgekippt neben ihr lag. »Oh das tut mir leid, ich hoffe es geht wieder.« Er hob das Skateboard auf. »Ich habe es mir vom jungen Ritter geliehen und wollte es mal ausprobieren, bin aber leider noch nicht dazu gekommen. Man muß ja wissen, wovon die Kinder heutzutage sprechen.« »Passen Sie bloß auf, daß Sie sich nicht den Hals brechen. Dann müßten die Leute alle nach Neudorf fahren, wenn sie in den Gottesdienst wollen. Und der Pfarrer dort soll so jung und modern sein. Das wird den Hiesigen gar nicht passen.« »Das ist ja nicht gerade pietätvoll, was Sie da sagen, ich brech' mir womöglich den Hals und an alles was Sie denken ist, ob dann der Gottesdienst ausfällt oder nicht.« Pfarrer Schneider machte ein gekränktes Gesicht, aber sein Tonfall verriet, daß er sich einen Spaß mit seiner Haushälterin erlaubte. Frau Haslbeck errötete leicht. »So hab ich das nicht gemeint«, verteidigte sie sich, »und das wissen Sie auch ganz genau.« »Natürlich meine Liebe, ich weiß was ich an Ihnen habe. Ach ja, das wollte ich Ihnen noch sagen, nächste Woche mache ich einen Computerkurs, das interessiert mich schon lange und ich möchte nicht mehr wie der Ochs vorm Berg stehen, wenn die Leute von Hard- und Software sprechen.« »Kommen Sie jetzt lieber zum Essen, bevor ich doch noch den Psychiater für Sie rufen lasse«, Frau Haslbeck drehte sich um und der Pfarrer folgte ihr in die Küche, wo beide schon seit Jahren gemeinsam zu Abend aßen.

Der Geistliche hatte bereits sein drittes Käsebrot gegessen und seinen zweiten Becher Hagebuttentee vor sich, als Frau Haslbeck plötzlich das Schweigen, das sie so oft beim Abendbrot einhielten, durchbrach. »Wissen Sie, was ich heute im Radio gehört habe Herr Pfarrer?«, ohne eine Antwort abzuwarten fuhr sie fort: »Die haben gesagt, daß ein Bischof entführt worden ist. Was sagen Sie dazu?« Theatralisch hob sie die Arme. »Wer sollte denn einen Bischof entführen? Da werden Sie sich verhört haben, Frau Haslbeck.« Er kaute weiter an seinem Brot, ohne der Mitteilung weitere Bedeutung zu schenken. »Ach, Sie nehmen mich bloß wieder nicht ernst Herr Pfarrer. Ich habe es aber ganz deutlich gehört, leider klingelte dann das Telefon und ich konnte nicht weiter zuhören.« Der Pfarrer schaute sie an und nickte dann unvermittelt. »Vielleicht haben Sie recht, ich wüßte zwar keinen Grund wieso man einen Diener der Kirche entführen sollte, aber ja- vielleicht haben Sie recht.« Er dachte an die Begegnung heute und an das was er gehört hatte. Sollten diese Leute etwa..? Aber nein, das bildete er sich nur ein. Allerdings hatte der Unbekannte gesagt, daß er sich mit dem Geld, das er für *ihn* bekäme, eine Villa kaufen wollte. Sollte er zufällig einer Entführung mit Lösegeldforderung auf die Spur gekommen sein? Er beschloß, am nächsten Morgen beim Polizeirevier vorbei zu gehen und unverfänglich zu fragen, ob ein solcher Fall vorliege.

Diese Nacht hatte er einen schlechten Traum und am Morgen erwachte er unausgeruht. An den Inhalt des Alptraumes aber konnte er sich nicht mehr erinnern, als ihn seine Haushälterin beim Frühstück danach fragte.

»Ich hätte halt nicht lauschen sollen«, sagte er sich, als er auf dem Weg zu dem kleinen Polizeiposten war. Glücklicherweise war nur der alte, kurz vor der Pensionierung stehende Revieroberste anwesend, als er die kleine Stube betrat. »Guten Morgen Herr Pfarrer, das ist ja ein seltener Besuch, was führt Sie zu mir?«, fragte Polizeihauptmeister Kortner den Besucher. »Guten Morgen Herr Kortner, Sie brauchen keine Angst zu haben, daß ich gekommen bin um sie zu ermahnen, doch öfters mal den Weg in unsere bescheidene Kirche zu finden, was Sie allerdings ruhig tun könnten.« »Wir Polizisten haben ja den unmöglichsten Dienst den man sich vorstellen kann«, verteidigte sich Kortner, »wir können zeitlich immer sehr schlecht planen und die Sicherheit des Dorfes geht nun mal vor. Vor zwei Wochen war ich aber in der Messe und wenn es irgendwie geht...« »Na ja, deshalb bin ich, wie gesagt, nicht gekommen«, fiel ihm der Pfarrer ins Wort, »heute geht es mehr um Ihre Angelegenheiten.« Er schaute aus dem Fenster, als er fragte. »Ist in letzter Zeit eigentlich polizeilich gesehen etwas wichtiges in unserer Gegend passiert Herr Kortner?« »Na ja, da war der Verkehrsunfall letzten Freitag, bei dem sich der eine Fahrer leicht verletzt hat«, gab der andere zur Antwort. »Ich meine mehr so Verbrechen, wie Entführungen oder so.« Der andere lachte, »Entführt wurde letzte Woche ein Huhn vom Bauernhof der Reimanns und das ist bis jetzt noch nicht wieder aufgetaucht. Wahrscheinlich ist es in dem Magen von irgendeinem hungrigen Landstreicher verschwunden, Lösegeldforderungen sind bis jetzt jedenfalls noch nicht gestellt worden.« Der gutmütige Polizist lachte erneut. »Wieso kommen Sie gerade auf

Entführung?« »Ach, das fiel mir gerade so ein, die Welt ist also ruhig um uns herum?« stocherte er nach. »Ja, ich glaube wir brauchen uns momentan keine Sorgen zu machen, so ruhig wünsche ich mir meinen Dienst immer.« Das Telefon klingelte, der Beamte hob ab, »einen Moment bitte, sonst noch etwas Herr Pfarrer?« »Nein vielen Dank Herr Kortner«, der Geistliche winkte dem Polizisten noch zu als er die Tür öffnete. Kortner nickte zurück und sprach dann ins Telefon.

Das die Ortspolizei nichts wußte, oder zumindest nichts sagte, war noch lange kein Grund, daß nicht tatsächlich ein Entführungsfall vorlag. Man hatte ja gehört, daß in so einem Fall oftmals Stillschweigen bewahrt wurde, um das, oder die Opfer nicht zu gefährden. »Ich werde also in Erwägung ziehen, daß momentan in der Villa Entführer sind, die dort womöglich ihr Opfer versteckten.« Pfarrer Schneider kam nach regem Gedankenaustausch zwischen dem Geistlichen und dem Detektiv in sich zu dem Schluß, daß es das beste war, erst noch einige Erkundigungen einzuziehen, bevor man die Polizei von dem Verdacht unterrichten sollte. Zum einen wollte er sich nicht lächerlich machen, zum anderen wollte er harmlose Bürger keiner unangenehmen Befragung durch die Polizei aussetzen. Er glaubte, daß es am vernünftigsten wäre, einfach noch einmal zur Villa zu gehen und noch mal mit dem spendablen Mann vom Tag zuvor zu sprechen, um den Verdacht entweder zu erhärten, oder gänzlich zu zerstreuen.

Es war schon später Nachmittag, als ihn seine Füße wieder den Hügel hinauf zu dem zweistöckigen Herrenhaus trugen. Wieder klingelte er an der Tür. Diesmal wurde ihm geöffnet. Vor ihm stand eine blonde Frau, die so um die fünfunddreißig Jahre alt sein mochte. Mit einem bezaubernden Lächeln sah sie ihn an. »Ja, bitte?« »Guten Tag, ich bin Pfarrer Schneider, ich hätte gern mit dem momentanen Hausherrn gesprochen.« »Oh ich verbringe die Ferien allein mit meinen Kindern hier, mein Mann ist leider geschäftlich im Ausland, aber vielleicht kann ich Ihnen helfen?« »Ja, vielleicht. Gestern hat mir ein Mann, der hier im Haus wohnt, eine großzügige Spende übergeben und ich wollte ihm nur noch mal danken und sagen, daß wir unsere Anschaffung jetzt wohl bald machen können.« »Das wundert mich«, gab die hübsche Frau zurück und ihre blonden Haare funkelten in der tiefstehenden Sonne. »Das kann eigentlich nur der Gärtner aus dem Dorf gewesen sein, aber den müßten Sie ja eigentlich kennen.« »Sie meinen den dicken Griesbeck? Ja, den kenne ich zur Genüge. Der sitzt sonntags immer in der ersten Reihe und singt fürchterlich laut und falsch, so daß man die eigene, weitaus angenehmere Stimme nicht mehr versteht.«

»Haben Sie vielleicht etwas dagegen, wenn wir mal einen Blick in Ihren Keller werfen würden, möglicherweise hat ja auch alles seine Ordnung. Ich wollte Sie auf keinen Fall erschrecken.« »Ja, warten Sie, ich suche nur den Schlüssel, ich war noch nie dort unten.« Sie ging in das Haus und war nach wenigen Sekunden zurück. »Dies müßte er sein.« Sie gab den Schlüssel Pfarrer Schneider und beide gingen um das Haus herum um zum Kellereingang zu gelangen. Die Tür ließ sich schwer sperren und es dauerte einen Moment, bevor der Pfarrer die Tür geöffnet hatte. Seine Hand suchte nach einem

Lichtschalter. Als sie ihn gefunden hatte, leuchtete die Lampe den ganzen Raum aus. Er war leer, genauso wie am Tag zuvor. Sie gingen noch durch die beiden angrenzenden Räume, konnten aber keine Spur von möglichen Eindringlingen finden. Als sie die Treppe wieder hinaufstiegen, beruhigte der Pfarrer die junge Frau. »Sicherlich werden es irgendwelche Arbeiter gewesen sein, die für den Park verantwortlich sind und die von der Agentur den Schlüssel für den Keller bekommen haben, falls Sie nicht da sind. Vielleicht hatten sie dort ihr Werkzeug untergestellt. Sie brauchen sich sicherlich keine weiteren Gedanken darüber zu machen.«

»Aber wieso hat der Mann denn gesagt, daß er in diesem Haus wohnt«, gab die Frau zu bedenken. »Ach, der wird sich nur einen Spaß daraus gemacht haben, einen alten weltfremden Pfarrer wie mich auf den Arm zu nehmen.« Der Geistliche glaubte nicht wirklich, was er der Frau gerade gesagt hatte, sie schien es aber zu befriedigen, denn sie kam jetzt zu einem anderen Thema. »Wenn ich und meine Kinder mal Zeit haben, kommen wir Sie mal in der Kirche besuchen.« »Ja, das wäre nett, ich kann dann mit Ihnen auf den Turm steigen, von dort hat man eine wunderbare Aussicht auf das Tal und auch das Haus, in dem Sie gerade wohnen.« »Das würde den Kindern sicherlich Spaß machen, einen schönen Tag noch Herr Pfarrer!« »Ihnen auch, bis bald.« Die Frau ging zurück zum Haus. Am Eingang angekommen drehte sie sich um und winkte ihm noch einmal zu. Als sie im Inneren verschwunden war, ging der kleine Geistliche nicht auf geradem Weg zur Straße zurück, sondern machte noch einen kleinen Umweg zur Garage.

Hier hoffte er doch noch etwas zu entdecken, das mit den Leuten aus dem Keller zu tun hatte.

Das Tor stand auf und er huschte in das Innere. Durch das einfallende Sonnenlicht konnte er gut sehen. In der hinteren linken Ecke standen alte Ölbehälter, die aber wohl schon seit Jahren nicht mehr bewegt worden waren. Daneben lagen ein paar abgefahrene Winterreifen. Außerdem hingen noch ein paar Werkzeuge an der rechten Wand in Augenhöhe. Verdächtig schien nichts zu sein. Er wollte gerade wieder gehen, als er zwischen den Reifen etwas weißes entdeckte. Vorsichtig zog er es heraus. Aber es war nur ein alter Lappen, der bunt von Farbe war und wohl beim Anstreichen einer Wand oder eines Zaunes von irgendeinem Maler zum Abwischen der Pinsel benutzt worden war. Der Pfarrer wollte den Lappen gerade wieder hinlegen, als er merkte, daß ein Teil des Stoffes an seinem Finger festgeklebt war. Die Farbe war noch nicht richtig trocken. Er roch daran und kam zu dem Schluß, daß es sich um Ölfarbe handelte, wie sie von Kunstmalern benutzt wurde. Er ging noch einmal zum Haus zurück, klingelte erneut und stellte, als die junge Frau erschien, seine Frage. »Ich hatte vergessen, Sie noch was zu fragen. Wir machen demnächst einen Basar für einen guten Zweck und da wollte ich fragen, ob Sie nicht zufällig künstlerisch begabt sind und uns vielleicht irgendwas zum Verkaufen geben könnten, zum Beispiel ein Ölbild oder eine Bastelarbeit?« »Malen kann ich leider nicht und auch meine Kinder sind in dieser Richtung eher völlig unbegabt, aber ich könnte für den Basar vielleicht ein paar Ketten und Ohrringe aus künstlichen Perlen, Draht und Kupfer machen, das ist nämlich mein Hobby, die verschenke ich normalerweise zu Geburtstagen an Freunde und Verwandte. Wenn Ihnen das recht ist?« »Wunderbar, das ist genau das richtige. Schmuck kaufen die Mädchen und Frauen immer, besonders dann, wenn es noch zusätzlich um einen guten Zweck geht. Ich sage Ihnen dann noch Bescheid, aber voraussichtlich bauen wir die Stände vor dem Pfarrhaus auf. Hoffentlich scheint die Sonne. Nochmals Dankeschön und auf Wiedersehen.«

Zu Hause angekommen, setzte er sich in seinen Sessel, nahm das Telefon und wählte eine lange Nummer. Er sprach am Anfang die meiste Zeit und danach hörte er zu. Zwanzig Minuten später legte er den Hörer wieder auf. Nachdenklich schaute er dann aus dem Fenster, bis ihn Frau Haslbeck aus seinen Gedanken riß. »Ich hoffe, Sie vergessen nicht die Abendandacht Herr Pfarrer.« »Nein nein, vielen Dank Frau Haslbeck, ich bin schon unterwegs.«

An diesem Abend war er nicht bei der Sache, er konnte sich nicht auf seine Aufgabe als Diener der Kirche konzentrieren. Seine Gedanken wanderten immer zu dem alten Haus, dem ominösen Mann und dem Malerlappen. Wieso war dort ein Lappen mit frischen Ölfarben, hatte das was mit der Entführung zu tun? – Gab es die überhaupt? – und wieso hatte man im Radio etwas von der Entführung gesagt, wenn es geheimgehalten wurde und nicht einmal der Dorfpolizist etwas davon wußte, oder es zumindest nicht zugab. Das Telefonat, das er vor einer Stunde geführt hatte, hatte ihn aber dann bestärkt, der Sache weiter nachzugehen.

Die nächsten beiden Tage vergingen, ohne daß er eine neue Erkenntnis gewonnen hatte. Er hatte sich noch einmal bei der Villa umgesehen, als die Feriengäste gerade im Dorf einkaufen waren. Er hatte noch einmal unter einem Vorwand bei der Polizei vorgesprochen und hatte sogar bei der Rundfunkstation angerufen. Niemand schien etwas von einer Entführung zu wissen. Oder es durfte eben niemand von einer Entführung etwas wissen. Seine täglichen Telefonate wurden auch kürzer, da es nichts Neues gab, über das man sprechen konnte.

Er war fast schon soweit, die Sache auf sich beruhen zu lassen und sich wieder mit notwendigen geistlichen und profanen Dingen zu beschäftigen, als er sich eines morgens, am fünften Tag nach seiner Spendensammlung, einen Stapel Zeitungen vornahm und mit dem Lesen begann. Er hatte die merkwürdige Angewohnheit, die Zeitung nicht täglich zu lesen, sondern wie er es nannte, im Fünf-Tages-Rhythmus. Wenn ihn jemand auf diese ungewöhnliche Angewohnheit ansprach, erklärte er es immer damit, daß er der Ansicht sei, daß die meisten Themen über drei bis fünf Tage in der Presse behandelt würden und man so die gesamten Nachrichten über ein Thema kompakt lesen könne, und nicht schubweise von Tag zu Tag. Denn dann kannte man schon meist nicht mehr die Details aus der Meldung vom Vortag und konnte sich so kein gutes übersichtliches Bild von der Sache machen, wie es bei seiner Methode aber zweifellos der Fall war. Zwar konnte er seine Zuhörer selten überzeugen, aber das störte ihn nicht. Er machte es so schon seit Jahren und er wollte dabei bleiben.

Er glaubte bisweilen auch, daß er dadurch mehr von den Ereignissen verstand als manch anderer, allerdings vermied er dies auszusprechen, da er Bescheidenheit für eine Tugend hielt und gerade ein Geistlicher tugendhaft sein sollte.

Er war mittlerweile bei der dritten Zeitung angelangt, als ihm das Bild eines Geistlichen auffiel, der von Kindern in Kostümen umringt war. Darüber stand als Schlagzeile:

Die 3. Klasse der Hermann Löns-Schule entführte Bischof Conrad in die Welt von Robin Hood und seinen Mannen im düsteren England des 12. Jahrhunderts. Nach dem gelungenen Schauspiel beantwortete der begeisterte Bischof den Kindern noch unzählige Fragen, die diese über die Kirche und vor allen Dingen über die Geschichten und Gleichnisse, die sie aus dem Religionsunterricht kannten, hatten, bevor er wieder abreisen mußte.

Pfarrer Schneider mußte laut loslachen. Dies war also die ‚Entführung‘ des Bischofs gewesen. Frau Haslbeck hatte nur Bruchstücke der Meldung gehört und geglaubt, es handle sich um eine polizeiliche Meldung. Bei dieser Art von Entführung brauchte der Bischof jedoch nicht gerettet zu werden.

Frau Haslbeck erschien im Zimmer. »Was ist denn hier los?«

»Ich habe ihre Entführung gelöst«, antwortete der Pfarrer und gab ihr die Zeitung, wobei er auf die Meldung deutete. Nachdem Frau Haslbeck den Artikel gelesen hatte, sagte sie: »Eigentlich schade, ich hätte gern gewußt, was so ein Bischof wert ist. Für Sie«, sie zeigte auf Pfarrer Schneider, »hätte es wohl kaum mehr als Fünfzig Euro gegeben«. Sie lachte und verschwand, ehe Pfarrer Schneider antworten konnte, wieder aus dem Zimmer.

Als Pfarrer Schneider weiterlesen wollte, fiel ihm eine zweite Meldung auf, die eigentlich unscheinbar war und ihm nur deshalb ins Auge gestochen war, weil sie in unmittelbarer Nähe zum Bild mit dem Bischof und den Kindern gedruckt war.

Kunstauktion bei Schmidt's. Das bekannte Auktionshaus versteigert nächsten Sonnabend neu entdeckte Werke alter Meister. Es werden Rekorderlöse erwartet.

Erst wußte er nicht, was er so interessant an der Meldung fand, dann aber kam er drauf. Es wurden Ölgemälde versteigert und er hatte einen Lappen mit feuchter Ölfarbe in der Garage der Villa gefunden. Mit der Annahme, daß es hier einen Zusammenhang geben könnte, konnte er sich eigentlich nur lächerlich machen. Sein täglicher Telefonpartner aber würde ihm zuhören und die Sache mit ihm besprechen. Er ging zum Telefon und begann zu wählen.

Durch das Gespräch mit seinem Freund bestärkt, stieg er aus dem Taxi und überquerte die Straße. Der Wärter am Eingang der Auktionshalle schickte ihn in den dritten Stock, wo er den Verantwortlichen für die Kunstauktion am nächsten Tag anzutreffen hoffte. Er klopfte an die Tür und betrat das Zimmer, ohne ein ‚herein‘ abzuwarten. »Guten Tag, ich bin der Vertreter der Kirche Ihrer kleinen Nachbargemeinde. Wir interessieren uns für die Gemälde, die morgen versteigert werden sollen.« Der hagere Mann sah von dem geöffneten antiken Buch, in dem er gerade gelesen hatte, auf und deutete auf einen Sessel. »Nehmen Sie doch bitte Platz Herr Pfarrer. Für unsere Kunstschätze interessieren Sie sich also, das ist ja schön. Sie haben Glück, denn morgen ist eine besondere Versteigerung. Aus dem Nachlaß einer alten Dame irgendwo aus Amerika, stammen einige hervorragende Stücke. Maler aus dem 16.Jahrhundert. Die Bilder galten als vermißt, bis ein deutscher Mittelsmann uns von ihrer Existenz in Kenntnis setzte und die Stücke zum Verkauf anbot. Natürlich haben wir Expertisen verlangt und der Mann brachte sie von namhaften Kunstprofessoren bei.« »Das ist ja interessant«, murmelte Pfarrer Schneider, »aber meinen Sie, daß wir die uns auch leisten können?« »Da wird es schwierig werden, aber wir haben auch ein paar hübsche Bilder unbekannterer Maler, die sehr preisgünstig sind. Die Kirche wird ihr Geld sicherlich für andere Dinge ausgeben wollen, nicht wahr?« »Oh ja, da haben Sie natürlich recht.«

Da der Auktionator dem Pfarrer erzählt hatte, daß der deutsche Kontaktmann gerade im Haus war und die neu entdeckten Bilder anlieferte, wartete Pfarrer Schneider, bis dieser nach einer halben Stunde endlich das Auktionshaus verließ.

Er erkannte sofort den Mann von der Villa wieder. Als dieser in einen Wagen stieg, hielt Pfarrer Schneider ein Taxi an und wies den Fahrer an, dem Wagen zu folgen.

Glücklicherweise gelang es ihnen, an dem zügig fahrenden Auto hielten zu bleiben, denn es wäre bei dem dichten Verkehr unmöglich gewesen, den Wagen wiederzufinden, wenn sie ihn erst einmal aus den Augen verloren hatten.

Weit außerhalb der Stadt bog der Wagen von der leeren Straße auf einen Waldweg ab. Das Taxi hielt auf Anweisung des Pfarrers genügend Abstand, um nicht gesehen zu werden. Als der andere Wagen stoppte, bezahlte Pfarrer Schneider den Fahrer und bat ihn, an der Straße auf ihn zu warten.

Dann folgte er dem angeblichen Kunsthändler.

Nach wenigen hundert Metern öffnete sich der Wald. Auf einer kleinen Lichtung stand eine schlecht zusammengezimmerte Holzhütte. Der Mann klopfte dreimal und wurde daraufhin eingelassen.

Pfarrer Schneider lief gebückt an die linke Längsseite der Hütte und spähte durch ein darin eingesetztes kleines Fenster, an dem die weiße Farbe fast gänzlich abgeblättert war, in den Raum. Er sah, wie der ihm bekannte Mann und ein anderer, der wohl der zweite Mann aus dem Keller sein mußte, etwas einpackten. Erst konnte er nicht genau erkennen, was es war, dann aber sah er, daß es sich um Bilderrahmen handelte. Da die beiden Männer die Rahmen niemals zu ihm drehten, konnte er zu seinem Leidwesen nicht erkennen, was auf den jeweiligen Vorderseiten war. Er war sich aber sicher, daß es Kopien alter Meister waren, die als echte Bilder für horrende Summen verkauft werden sollten.

Als Pfarrer Schneider zurück zum Taxi laufen wollte, um Hilfe zu holen, stolperte er über einen neben einem Busch stehenden verrosteten Metalleimer, den er vorher übersehen haben mußte. Es gab ein lautes blechernes Geräusch, als er fiel. Schnell hatte er sich wieder aufgerappelt und rannte mit seinen kurzen Beinen los. Dann überschlugen sich die Ereignisse.

Auf der Mitte der Lichtung wurde er von dem größeren der beiden Männer eingeholt und zu Boden geworfen, ehe er wußte, was mit ihm geschah. Die beiden ungleichen Männer rangen gerade heftig miteinander, als der zweite Mann, der viel kleiner als der erste und wesentlich fülliger als dieser war, hinzukam.

Als der Geistliche für einen Moment mit einer Hand freikam, versetzte er dem neuen Angreifer einen Faustschlag auf die Nase. Der Getroffene schien kein großer Kämpfer zu sein, denn er brach sofort jaulend zusammen und schien sich nur noch um sich und sein Leid zu kümmern und die beiden Kämpfenden im nächsten Augenblick schon vergessen zu haben.

Endlich konnte sich Pfarrer Schneider aus der Umklammerung des Großen befreien. Einander lauernd gegenüberstehend trat eine kurze Kampfpause ein, in der sich der Pfarrer ganz auf seinen Gegner und dessen nächste Attacke konzentrierte.

Hätte der andere gewußt, daß der kleine Geistliche in seiner Freizeit die örtliche Judo-Mannschaft trainierte, da er als ehemaliger Jugendlandesmeister auf diesem Gebiet der kompetenteste Mann des Ortes war, hätte er seinen Angriff entweder anders ausgeführt, oder wäre geflohen. So aber lief er ohne Unterstützung seines Kumpans in sein Unglück.

Der weitere ungleiche Kampf dauerte nur noch kurz, und dann hatte Pfarrer Schneider die beiden, mit Hilfe des wegen des Kampflärms herbeigeeilten Taxifahrers und dem Abschleppseil, das im Kofferraum des Taxis gelegen hatte, in der kleinen Hütte an einen hölzernen Pfeiler gefesselt.

Beide mögen Fälscher und Gangster sein, geübte Kämpfer von Mann zu Mann waren sie glücklicherweise auf keinen Fall, dachte der Pfarrer, als er sich erschöpft auf die Hinterbank des Taxis fallen ließ. Sekunden später nahmen sie Kurs auf die Polizeistation.

»Gut, daß ich letztes Jahr meine Judo- und Karate-künste aus der Studentenzeit bei der Polizei aufgefrischt habe«, überlegte er noch und nickte ein, kurz bevor der Wagen sein Ziel erreichte.

Pfarrer Schneider schloß die Tür, durchschritt den Raum und setzte sich in den dunklen weich gepolsterten Ohrensessel, der direkt vor dem Panoramafenster stand, das ihm seine so geliebte Aussicht auf den wilden bunten Garten gab. Für einige Zeit versank er in tiefe Gedanken und bemerkte gar nicht, daß Frau Haslbeck hereingekommen war und eine dampfende Tasse Kaffee und ein Stück seines Lieblingskuchens auf dem kleinen Beistelltisch dicht neben dem Sessel abgestellt hatte. Die Haushälterin kannte ihren Pfarrer viel zu gut, als daß sie ihn in so einem Moment gestört hätte. Wenn er so gedankenabwesend aus dem Fenster blickte, war es nicht gut, ihn aus seiner Gedankenwelt zu reißen. In so einem Fall konnte er schon mal gereizt reagieren, besonders wenn der Faden einer sorgsam überlegten Predigt geris-sen war. Heute dachte er aber noch intensiver nach, als an den Tagen, an denen er im Kopf eine seiner brillanten Predigten ausarbeitete. Diesmal waren die Gründe sei-ner scheinbaren Gedankenverlorenheit, die aufregenden Tage, die er hinter sich hatte, eine Zeit, die ihn noch lange beschäftigen würde.

Irgendwann stieg ihm der Geruch des frischen Kaffees in die Nase und er erwachte aus seiner körperlichen Le-thargie. Er zog sich im Sessel hoch, in dem er langsam hinabgesunken war und nahm einen Schluck aus der

Tasse, die mit einer altmodischen englischen Landschaft bemalt war. »Mmh«, sagte er und sein Gesichtsausdruck ließ erkennen, daß er das nachmittägliche Kaffeetrinken liebte. Es war für ihn schon immer eine Zeit der Gemütlichkeit, der Ruhe und auch des Nachdenkens gewesen. Schon in seiner Familie, von der er mittlerweile der letzte war, rechnete man einen ungeliebten Vetter im Westen des Landes nicht mit, war es Tradition gewesen, die Tageshektik durch eine Phase der Besinnung und Gemütlichkeit zu unterbrechen. Zu dieser Tageszeit gab es auch immer die interessantesten Gespräche. Alle waren dann versammelt, sofern sie es irgendwie einrichten konnten. Ja, auch diese Zeit war schön gewesen, dachte er, aber ich liebe genauso die Zeit jetzt, auch wenn sie für viele Menschen erbarmungsloser geworden ist. Er selbst war ein Mensch, der in der Vergangenheit gutes sah, aber auch in der Gegenwart viel gutes entdecken konnte. Der Geistliche rieb sich die Augen, jetzt wurde es Zeit seinen Anruf zu machen. Er wählte die lange Nummer und wartete. Mehrmals hörte er das Tuten, das signalisierte, daß er durchgekommen war. Niemand hob ab. Da er seinen Anruf allerdings angekündigt hatte, wartete Pfarrer Schneider geduldig weiter und legte nicht auf.

Endlich nahm auf der anderen Seite jemand ab. »Hello«, kam es aus der Muschel. Der Pfarrer wußte wegen der markanten sonoren Stimme sofort, daß er denjenigen, den er sprechen wollte, am anderen Ende der Leitung hatte. »Hallo lieber Freund, hier ist Pfarrer Schneider, ich dachte schon sie seien nicht Zuhause und wollte gerade auflegen.« »Guten Tag Bruder, schön, daß sie anrufen, ich bin sehr gespannt darauf Ihre Geschichte zu hören. Die kleine Verzögerung bitte ich zu entschuldigen, aber ich war gerade dabei den Fünf-Uhr Tee zu nehmen, aber der kann warten, bitte erzählen sie doch«, forderte sein Gesprächspartner Pfarrer Schneider in einem nahezu perfekten Deutsch auf.

Der Mann am anderen Ende der Leitung hörte aufmerksam zu, ohne auch nur einmal den Redefluß des Pfarrers zu unterbrechen.

Der Geistliche schilderte seinem Freund in allen Details seine Erlebnisse und den Eindruck, den sein erstes großes weltliches Abenteuer auf ihn gemacht hatte. Als er endlich geendet hatte, fragte der andere: »Nun, eins verstehe ich jedoch nicht ganz. Bei Ihrer ersten Begegnung mit dem Mann an der Villa blieben Sie stehen und beobachteten das Haus. Eigentlich gab es dafür doch überhaupt keinen Grund. Ebenso gut hätten Sie direkt ins Pfarrhaus zurückgehen können.« »Ja, da haben Sie eigentlich recht«, antwortete der Amateurdetektiv, »aber irgendwie kam es mir komisch vor, daß er so ohne weiteres soviel Geld spendete. Üblicherweise muß ich die Menschen schon bei kleineren Summen zu ihren Spenden ‚überreden‘, irgendwie hatte ich das Gefühl, daß der Mann mich loswerden wollte. Ehrlicherweise muß ich aber auch sagen, daß es für mein Mißtrauen noch einen weiteren, ‚eitleren‘ Grund gab«, Pfarrer Schneiders Stimme wurde spürbar nervöser. »Wenn Sie sich daran erinnern, der Mann nannte mich Pastor und darüber habe ich mich irgendwie geärgert. Das war mir noch nie passiert und in dem Moment kam mir das merkwürdig und ignorant vor. Meine Eitelkeit war getroffen und ich glaube, das war es in erster Linie, was mich gegen den Mann einnahm und mich mißtrauisch machte. Ich hoffe, daß mir dieser Abstecher in diese, einem Geistlichen nicht gebührende undemütige Gefühlsregung nachgesehen werden wird.« Der andere lachte durch den Hörer: »Das war es also mein Freund, oft sind es solche kleinen Sachen, die unseren Spürsinn in Gang setzen. Wenn man nicht betroffen ist, reagiert man wesentlich unsensibler auf solche Dinge. Und in diesem Fall zeigt sich wieder einmal die Richtigkeit dieser These. Meine Hochachtung für die Lösung dieses Falles Pfarrer Schneider, ganz nach bester kriminalistischer Tradition. Ich wäre gern dabei gewesen.« Warnend fügte er hinzu, »aber passen Sie bloß auf, daß das Ganze nicht an die große Glocke gehängt wird. Sie wissen ja, daß die Kirche Kriminalisten unter Ihren Dienern nicht gerade liebt. Ich habe da meine Erfahrungen, wie sie wissen, – und das sind keine guten.«

»Ich weiß, was Sie meinen, Sie haben mir ja damals von Ihrer *Belohnung* erzählt, die Sie von der Kirche erhalten haben, die Versetzung auf eine kleine einsame Insel«, erwiderte Pfarrer Schneider. »Ich habe mit der Polizei gesprochen«, fügte er hinzu, »und sie gebeten, daß sie meinen Namen bei der Behandlung der Angelegenheit nicht erwähnen. Das ist allerdings wohl kaum eine Garantie, daß man nicht doch plötzlich in der Presse auftaucht. Na, wir wollen das Beste hoffen«, sagte er, wobei sich seine Mundwinkel leicht nach oben schoben und ein verschmitztes Lächeln andeuteten. »Genau, das tun wir«, antwortete der Angerufene und auch er lächelte, für den anderen unsichtbar. »Ich wünsche Ihnen alles Gute, der Herr sei mit Ihnen, und.., ich würde mich freuen, wieder von Ihnen zu hören.« »Und ich auch von Ihnen, auf Wiedersehen und bis bald Pater Brown.«

Pfarrer Schneider legte den Hörer zurück auf die Gabel und ein heimlicher Beobachter hätte Stolz und Glück in seinem Blick lesen können. Der kleine Geistliche aber wußte, daß er allein war und so brauchte er seine Zufriedenheit mit der jüngsten Vergangenheit nicht zu verbergen. Seine Miene veränderte sich aber sofort, als er hörte wie die Tür zu seinem Wohnzimmer geöffnet wurde. Nun sah er wieder wie ein reifer älterer Pfarrer aus, der sich aufopferungsvoll um die Belange der Kirche in seiner Gemeinde kümmerte. »Na, Herr Pfarrer, hat der Kuchen geschmeckt?« Frau Haslbeck war mit einem Tablett ins Zimmer gekommen und begann das benutzte Geschirr abzuräumen. »Ausgezeichnet, vielen Dank, sie kennen ja meine kleinen Schwächen«, antwortete der Pfarrer. »Nicht nur die kleinen, auch die großen Herr Pfarrer, besonders die großen.« Ihre Stimme klang wieder einmal spürbar anklagend. »Schwächen sind menschlich und auch Pfarrer sind Menschen. Und Pfarrer müssen mit gutem Beispiel vorangehen und den Menschen zeigen, daß sie Menschen sind und sich auch so benehmen dürfen, mit Stärken und Schwächen, Fehlern, Traurigkeit und Glücklichsein. Frau Haslbeck, Sie müssen etwas nachsichtiger mit Ihrer Umwelt sein, sonst bilden sich noch mehr Falten auf Ihrem netten Gesicht«, gab Pfarrer Schneider gut gelaunt zurück. Die Haushälterin reagierte nicht auf diese Anspielung, sondern stellte unvermittelt die Frage, die sie schon so lange unausgesprochen mit sich herumtrug. »Herr Pfarrer«, ihre Neugier hatte jetzt die Oberhand gewonnen, »es ist natürlich ihre persönliche Angelegenheit, aber Sie haben in letzter Zeit so oft mit jemandem telefoniert, wobei Sie immer so geheimnisvoll taten«, sie zögerte, »können Sie mir nicht verraten, wer dieser *jemand* war? Ich behalte es auch ganz bestimmt für mich«, versicherte sie noch schnell. »Ein Freund, liebe Frau Haslbeck, ein sehr guter Freund, dem ein zu großer Bekanntheitsgrad in seinem Beruf, der übrigens außerordentlich schwierig und verantwortungsvoll ist, nur schaden kann.«

Er drehte sich um und schaute in den kleinen Garten, der eine liebevolle Ruhe ausstrahlte.

Ein lautes Geräusch ließ Pfarrer Schneider aus dem Schlaf hochschrecken. Die Tür war aufgegangenen. In ihr stand Frau Haslbeck. »Herr Pfarrer, Sie müssen zum Gottesdienst.« »Ich habe wohl ein kleines Nickerchen gemacht«, sagte der Pfarrer mit müdem Ton. »Sie wollten doch Ihre Predigt vorbereiten – und was machen Sie jetzt?« fragte die Haushälterin hilflos. »Na dann muß ich eben improvisieren, es wird schon irgendwie gehen. Ich glaube«, sinnierte der Pfarrer, »statt zu predigen werde ich der Gemeinde heute mal eine kleine Geschichte erzählen, die einem Freund von mir aus England passiert ist. Übrigens auch ein Pfarrer wie ich, Frau Haslbeck.« Wieder erschien dieses verschmitzte Lächeln auf dem Gesicht des Pfarrers, das für einen Geistlichen eigentlich so untypisch ist, als er die Treppe zum Garten hinunterging und die kleine Dorfkirche ansteuerte.

Das Taxi nach Hause

Die meisten Beschäftigten hatten das Hochhaus bereits verlassen. Es war Freitag nachmittag kurz nach 17.00 Uhr. Viele Flure lagen schon im dunkeln, andere waren noch hell erleuchtet und die Neonlampen würden, wenn die Angestellten die Lichter nicht löschen würden, später vom Wachpersonal, das den Gebäudekomplex ab 18.00 Uhr übernahm, ausgemacht. Die Straßenlampen vor dem Bürogebäude waren schon vor mehr als einer halben Stunde angegangen, als die Dämmerung einsetzte und begann, einen noch eben wolkenlosen sonnigen, aber frostig kalten Wintertag, in ein undurchdringliches Dunkel zu tauchen.

Carl freute sich schon auf sein Weekend. Er hatte noch diese unangenehm umfangreiche Wynert-Sache erledigen müssen, die ihn schon die ganze Woche beschäftigt hatte. Aber jetzt schien er zu einem Ende gekommen zu sein. Er würde den Schriftsatz, der ihm sehr gelungen schien, noch mit seinem typischen Kürzel unterzeichnen, ihn in den Umschlag stecken und dann in den Postausgangsschacht werfen, wo er dann von der Abendsekretärin noch zur Nachtpost gebracht würde.

Wenn er das Taxi schon jetzt bestellte, brauchte er nachher nicht untätig zu warten, bis es endlich kam, um ihn nach Hause zu fahren, überlegte er. Er hatte seinen Ford Explorer gestern zur Durchsicht in seine Stammwerkstatt gegeben und man hatte ihm versprochen, ihn fertig gecheckt und gewartet bei seiner Privatdresse noch an diesem Abend bis 22.00 Uhr abzuliefern, da er ihnen gesagt hatte, er würde ihn am Sonnabend morgen dringend brauchen. Dies stellte ein großes Entgegenkommen der Reparaturfirma dar, da sie jemanden noch so spät für die Auslieferung des Wagens beschäftigen mußte.

Beim ersten Versuch war die Nummer des Taxiunternehmens, das seine Firma bevorzugte, besetzt. Beim zweiten Wählen hatte er eine freundliche weibliche Stimme am Apparat, die ihm versicherte, daß pünktlich in 10 Minuten ein Wagen vor dem Bürogebäude auf ihn warten würde.

Nachdem er das Schreiben eingeworfen hatte, ging er beschwingt die Treppe herunter. Gewöhnlich nahm er den Lift, um von der fünften Etage auf die Straße zu gelangen. Aber heute abend hatte er Lust auf ein bißchen Bewegung. Das Treppenhaus war verlassen, keine Menschenseele war auf die gleiche Idee gekommen wie er. Es wurde gewöhnlich nie benutzt, nur wenn einmal die Aufzüge ausgefallen waren oder gerade geprüft wurden. Aber auch in letzterem Fall gab es fast immer zumindest einen funktionierenden Aufzug, da es niemandem zuzumuten war, bis in die höher gelegenen Stockwerke zu Fuß zu gehen.

Unten angekommen, wünschte er Bill Werner, der es sich in seinem Beobachtungsstand bereits wohnlich gemacht hatte, eine gute Nacht und verließ dann, begleitet von dessen neidischen Blicken, den Gebäudekomplex durch die gläserne Drehtür.

An der Auffahrt wartete ein schwarzes Taxi mit der Aufschrift: ‚Coloured Cabs‘ auf ihn. Er öffnete die Beifahrertür des Lincoln und setzte sich neben den Fahrer, der ihn freundlich begrüßte. Der Chauffeur war ihm bekannt. Es war dieser Slim, der immer Lakritz während der Fahrt aß. Er mochte den Geruch, aber nicht das Schmatzen des Mannes und sein unendliches Gerede über Football und die nächste Campingsaison.

Als sie in die Mainstreet einbogen, setzte der Regen ein, erst in dünnen Fäden, sich dann aber immer mehr und mehr in ein Unwetter verwandelnd. Er war froh nicht selbst fahren zu müssen. Er fuhr ungern bei Dunkelheit, insbesondere dann nicht, wenn es regnete. Irgendwas war in den letzten Monaten mit seinen Augen geschehen. Er hatte das Gefühl, daß sich seine Nachtsicht allmählich verschlechterte. Womöglich brauchte er über kurz oder lang eine Brille, zwar nicht zum Lesen oder Fernsehen, aber vielleicht fürs Auto. Vielleicht würde er nächste Woche mal zum Augenarzt gehen, überlegte er. Im Hintergrund hörte er das lebhafte Gerede von Slim, ohne allerdings den Sinn seiner Worte verstehen zu können. Je länger sie fuhren, desto mehr begann er sich auf sein gemütliches Haus, seine Kinder und seine Frau, die bestimmt schon etwas gutes gekocht hatte, zu freuen.

Das monotone Klopfen des Regens auf die Windschutzscheibe machte ihn müde. Immer wieder fielen ihm die Augen zu. Der Fahrer schien das nicht zu bemerken. Sein Redefluß schien nicht stoppen zu wollen und er benötigte keine *Ja find ich auch*, *Ach so* oder andere Einwürfe seines Fahrgastes, um mit seinem Monolog fortzufahren.

Er schien kurz eingenickt zu sein. Als er durch die nun trockene Windschutzscheibe des Wagens sah, erkannte er nicht wo sie waren. Die Gegend schien ihm fremd zu sein. »So da wären wir«, sagte Slim und stoppte den Wagen an einer Straßenecke, »20.85 macht's genau.« Carl bezahlte und gab einen Dollar Trinkgeld. »Redwood Lane?« fragte Carl. »Ja klar, Redwood Lane 22, wie immer.« Das Taxi verschwand in der Dunkelheit. Carl sah sich um. Der Fahrer hatte sich geirrt, dies war nicht seine Straße. War er noch schlaftrunken und verwirrt? – aber, das war sein Haus, dort auf der anderen Straßenseite, nur sah es irgendwie anders aus. Auch hatte sein Nachbar scheinbar seinen Garten verändert.

Dann bemerkte er es. Es brannte keine Straßenlaterne. Sie schienen allesamt kaputt zu sein. Das war es also, was alles so fremd wirken ließ. Er schüttelte den Kopf über sich selbst und über die Stadtwerke, die einfach nichts reparierten.

Seine schwarze Aktentasche unter seinen linken Arm geklemmt ging er über die noch feuchte Straße auf sein Haus zu. Wenigstens darin gab es Licht und Leben. Er würde heute nicht zu spät ins Bett gehen und sich endlich mal wieder richtig ausschlafen, dachte er, als er den Klingelknopf drückte. Er war zu faul, um seinen Schlüssel aus der Tasche hervorzukramen und außerdem mochte er es, wenn ihm eine seiner Töchter oder seine Frau aufmachten und ihn schon an der Tür begrüßten.

Als die Tür sich nach einer Weile öffnete, stand eine wildfremde Frau vor ihm. Hatte Ruth wieder jemanden aus ihrem Frauenzirkel mit nach Hause gebracht? Er hatte nicht die geringste Lust, an seinem ersten Wochenendabend mit einer wildfremden Frau Konversation machen zu müssen. »Hallo Schatz!« Die Fremde nahm ihn in den Arm und gab ihm einen Kuß auf seine rechte Wange. Kannte er diese Frau? – und wenn ja, bestimmt nicht so gut, daß sie ihn Schatz nennen konnte. Die Frau zog ihn in das Haus, ohne daß er den Sinn des Ganzen verstand. »Das Essen ist fertig, die Kinder sind oben, sag ihnen doch Bescheid, daß sie sich an den Tisch setzen sollen.« Sie lächelte ihn an. Er wußte nicht wieso, aber er ging die Treppe hoch in den ersten Stock, wo die Kinderzimmer waren. Er hörte die Mädchen schon, bevor er in Cindy's Zimmer trat. Sie bemerkten ihn sofort und ließen das Teenieheft in dem es nur um irgendwelchen pubertären Quatsch und die neuesten Boygroups ging, wie er wußte, auf dem Boden liegen. »Hallo Papa«, riefen sie im Chor.

Dies waren nicht seine Töchter. Cindy war kleiner als dieses blonde Mädchen und Sara hatte ein viel weicheres Gesicht als die andere, die sich jetzt an ihn schmiegte. Sie gingen zu dritt die Treppe herunter. Carls Gehirn schien zu explodieren und seine Gedanken rasten durch verschiedene Welten und wieder zurück zu dieser einen, die eigentlich seine war, aber sich gerade in eine fremde, verwirrend unbekannte verwandelt zu haben schien.

Als er sich an den hellen hölzernen Tisch setzte, verstand er es plötzlich. Es war ein Spaß. Morgen war sein Geburtstag und dies war ein skurriler Geburtstagsscherz, wahrscheinlich wieder von Harry seinem Nachbarn eingefädelt, der sich selbst für den größten Komiker an der Ostküste hielt. Natürlich, nachher würden sie sich alle darüber kaputt lachen, wie er sich angestellt hatte. Vielleicht hatten sie irgendwo eine Kamera installiert und er würde sich morgen mit seiner Familie und den Nachbarn anschauen müssen, wie er sich hatte veralbern lassen. Er dachte nur kurz nach, um zu einem

Entschluß zu kommen, den er in diesem Moment für genial hielt.

Er würde mitspielen, sich nichts anmerken lassen und so tun, als wären diese Personen seine Familie, die er so liebte. Er war gespannt, ob die wahrscheinlich von einer Provinzbühne angeworbenen Schauspieler diese Posse durchhalten würden, ohne sich zu erkennen zu geben.

Sollte diese Show bis in die Nacht dauern, war er sehr interessiert, was seine *neue* Frau wohl tat, wenn sie ins Bett gehen würden und er begann sie zu verführen. Spätestens dann würde diese Frau, die auf den ersten Blick sehr attraktiv war, ihr Engagement freiwillig beenden, war Carl sich sicher.

In diesem Moment kam sie herein und stellte einen dampfenden Topf auf den Tisch.

»Selbstgemachte Gulaschsuppe, nehmt euch! Ich glaube sie ist gar nicht schlecht geworden.«

Wieder lächelte sie in dieser bezaubernden Weise. Diesmal schaute er sie länger an. Sie hatte die blonden Lokken eines Engels, wenngleich sie schon gut über vierzig sein mußte. Sie war kaum geschminkt, weniger als seine Frau es war, doch bei ihr schien es nicht aufzufallen. Sie war eine natürliche Schönheit, die keine Schminkutensilien benutzen mußte, um attraktiv auszusehen. Er hatte seine Frau oft für überschminkt gehalten, hatte es aber immer verschwiegen, weil er nicht wußte wie er es ihr sagen sollte, ohne sie möglicherweise zu verletzen.

Die ganze Situation war aberwitzig. Carl aber wußte, wie auch er seinen Spaß haben würde. Er wollte *seine* Familie durch gezielte Fragen, auf die sie natürlich keine Antwort wissen konnte, auffliegen lassen. Aber zuerst genoß er die Suppe, die seine Frau niemals so hätte hinkriegen können. »Papa«, das ältere der beiden Mädchen meldete sich zu Wort, »was machen wir morgen an deinem Geburtstag?« Innerlich mußte er laut lachen, als er antwortete. »Was haltet ihr davon, wenn wir erst in den Zoo gehen und dann in euer Lieblingsrestaurant, zu dem Vietnamesen in der Orchard Street?« Er war gespannt, was sie jetzt sagen würden. Seine beiden wirklichen Kinder haßten chinesisches und vietnamesisches Essen. Sie mochten Pizza und Hamburger und sonst fast nichts.

»Wenn du gern möchtest, wieso nicht«, antwortete die Jüngere. »Seit die auch Pizza haben, ist es ein tolles Restaurant.« Eine geschickte Antwort, die, soweit er glaubte, bezüglich des neuen Pizzaangebotes in dem eigentlich asiatischen Restaurant auch der Wahrheit entsprach. Sie waren von seiner Frau und seinen Kindern bestens vorbereitet, auf diesen skurrilen *Nachbarschaftsgeburtstagsscherz.* »Schmeckt es dir Liebling?« Die Fremde schaute ihn an, verliebt, wie er gesagt hätte, wenn er nicht genau wußte, daß das nicht sein konnte, da sie morgen mit ihrem verdienten Geld verschwunden sein würde, um vielleicht in der Nachmittagsvorstellung des Theaters in New Brighton in irgendeinem modernen Stück eine Nebenrolle zu spielen.

Auch der Hauptgang war ausgesprochen köstlich gewesen. Er hatte weiterhin versucht, die drei aus dem Gleichgewicht zu bringen, in dem er von Verwandten sprach, die es gab und solchen die es nie gegeben hatte, ließ sie erzählen, über die Schule, Freunde, Urlaube in den letzten Jahren, fand aber nie einen Ansatzpunkt, sie bloßzustellen und das ganze Spiel damit zu beenden. Als er dann von seiner Arbeit zu erzählen begann, hörten alle drei aufmerksam zu, ganz anders als es sonst immer gewesen war. In seiner Familie interessierte sich niemand wirklich für seine Arbeit. Dann und wann wurde ihm aus Pflichtbewußtsein 5 Minuten zugehört, unkonzentriert und wie er immer fühlte, ohne jede Bewunderung für seine Tätigkeit, um dann zu den Alltagsthemen, wie Fernsehen, neue Mode und Hip Hop Musik zurückzukehren.

Heute war eben alles anders. Morgen würde er 45 Jahre alt sein und sein Geburtstag würde, wie alle anderen zuvor auch, mit den gleichen Menschen, denselben Worten und viel süßem Kuchen gefeiert werden.

Je später der Abend wurde, je mehr Gläser Wein er trank und je mehr er gegessen hatte, desto mehr genoß er die Aufmerksamkeit, die ihm an diesem besonderem Abend zu teil wurde. Mittlerweile war es ihm auch egal, wenn sie sich morgen vor dem Fernseher beim Abspielen des Videofilms vor Lachen über ihn ihre dicken Bäuche hielten.

Diese *neue* Frau nahm ständig seine Hand, lachte mit ihm, wenn er von dem Bürotrottel Kurt aus seiner Firma erzählte und tröstete ihn, wenn er von seinen Sorgen mit dem Bergman Fall sprach. Auch die beiden Mädchen schienen wirkliche Bewunderung für das zu haben, von dem er gerade sprach und seinen Humor zu lieben, den seine eigenen Kinder, wie sie meist sagten ‚zum Gähnen‘ fanden. Ja dies war ein sehr schöner Abend, bei dem er sich wie ein Gast, nicht wie der Hausherr fühlte und den man ernst nahm und umschmeichelte.

Zum Dessert gab es Straciatella-Eis, das er mochte wie kein anderes. Das ganze Essen zog sich über Stunden hin und keines seiner Kinder maulte, weil es aufstehen wollte um fernzusehen, oder um eine Freundin anzurufen. Sie lachten, tranken und unterhielten sich so gut, wie er es seit Ewigkeiten nicht mehr getan hatte.

Es war 23.30 Uhr, als der Abwasch getan war, die Mädchen in ihren Betten lagen und es jetzt für Carl spannend wurde. Würde sie mit ihm zu Bett gehen, oder gleich unter irgendeinen Vorwand mit den Mädchen, die natürlich nicht wirklich schlafen gegangen waren, das Haus verlassen? Oder würden sie erst in der Nacht, wenn er selbst schlief, sich aus dem Haus schleichen und dann seine richtige Familie wieder ihre Plätze einnehmen lassen? Er würde es bald herausfinden. Carl lag bereits im Bett, als sie aus dem Bad kam und sich zu ihm legte. Sie gab ihm einen weiteren Kuß auf die Wange und sagte: »Schlaf schön, mein Schatz.« »Du auch mein Engel«, gab er innerlich lachend zur Antwort und fühlte, daß er müde wurde. Hatten sie ihm vielleicht ein Schlafmittel in den Wein getan, damit er den nächtlichen Austausch nicht mit bekam? Er starrte in Richtung der Zimmerdecke, die er nicht sehen konnte und überlegte, ob er nicht jetzt mit der so verführerisch nah neben ihm liegenden Frau reden sollte, oder sich lieber von der weiteren Entwicklung, die er schon zu kennen glaubte, überraschen zu lassen. Er spürte ihren Fuß an seinem Bein. Instinktiv drehte er sich zu ihr um und küßte ihren Nacken. Und dann hatte er die tollste und aufregendste Liebesnacht seines Lebens. Erschöpft und zufrieden fiel er viel später in einen tiefen traumlosen Schlaf.

Er erwachte spät. Die Vorhänge des Schlafzimmers waren geöffnet und die Spätwintersonne schien in sein

Gesicht. Der Wecker zeigte 9.30 Uhr an. Er hatte den Schlaf gebraucht. Und – ja, jetzt erinnerte er sich wieder – insbesondere nach dieser Nacht.

Ihm war klar, daß, wenn er jetzt nach unten ging, ihn wieder das erwarten würde, was er gewohnt war, seine liebe Frau und seine so oft nörgelnden Mädchen und er fragte sich, ob er nicht lieber noch einen Tag mit der von Harry angemieteten Familie verbringen würde.

Er fand seine Frau in der Küche. Sie stand mit dem Rücken zu ihm. Er wußte nicht, was er sagen sollte, ob er zuerst auf den Scherz zu sprechen kommen sollte, oder ob er dies ihr überlassen wollte. »Morgen«, sagte er zögerlich, da er wegen der letzten Nacht ein schlechtes Gewissen hatte und erschrak, als sie sich umdrehte. Es war seine Geliebte der letzten Nacht. Sollte das Spiel noch weiter gehen? Er hatte sich schnell wieder gefangen und küßte sie auf die Lippen. Wieso sollte er nicht das, was ihm so gefallen hatte, noch ein bißchen länger genießen?

Nach dem Frühstück gaben sie ihm seine Geschenke. Die Mädchen hatten ihm ein weißes T-Shirt mit dem Foto von Eric Clapton bedrucken lassen. Genau das, was er selbst schon immer machen lassen wollte, sich aber dann doch nicht getraut hatte, weil er befürchtete, man würde ihn für kindisch halten. Er konnte es gut heute an seinem Geburtstag tragen. Von *ihr* bekam er ein Buch über Mauritius mit dem eingetragenen Hinweis, daß eine Reise dorthin für März gebucht war. Er freute sich riesig darüber. Mauritius war sein Traumziel, nur hätte er in diesem Moment vielleicht lieber seine neue Frau mitgenommen, als Ruth, für die das zweite Ticket natürlich bestimmt war.

Nach dem Mittagessen gingen sie, wie ausgemacht, in den Zoo. Er war ausgelassen wie lange nicht mehr und steckte die anderen mit seiner guten Laune an. Besonders lustig fanden es alle vier im Affenhaus. Die Schimpansen machten all das, was ihnen gerade einfiel und was ihnen Spaß machte, ohne sich um die anderen Artgenossen und die zuschauenden Menschen zu kümmern. Sie lebten so, wie er es sich nie getraut hatte, unkonventionell, den Gefühlen und ihren Launen folgend. Gerade seine Welt, seine Arbeit verlangte Präzision, Ernsthaftigkeit und duldete keine Leichtlebigkeit.

Sie aßen Eis, genossen die winterliche Sonne mit ihrer zaghaften Wärme auf einer Parkbank, am in der Mitte des zoologischen Gartens gelegenen See, auf dem sich zahlreiche Enten um die ihnen hingeworfenen Brotkrumen stritten, und flachsten herum.

Es war schon dunkel als sie sich an den reservierten Tisch des Restaurants „La Rose D' Asie" setzten. Alle bestellten ausgefallene vietnamesische Gerichte und sogar die Mädchen schienen wirklichen Gefallen an der asiatischen Küche zu finden, denn sie wählten beide zusätzlich als Vorspeise eine scharf-säuerliche *San La Tan* Suppe.

Als die weißen Kerzen am Tisch bereits niedergebrannt waren, tranken sie zum Abschluß noch einen warmen Pflaumenwein.

»Ab heute erkläre ich dieses Restaurant zu meinem Lieblingslokal«, sagte Carls *neue* Frau, »asiatische Gerichte sind einfach viel geheimnisvoller und nicht so langweilig wie unser typisches Essen.« Ich stimmte zu und auch die Mädchen nickten. Meine Frau hatte es immer abgelehnt, sich auf fremdartige Küche einzulassen.

Wenn er mit ihr überhaupt einmal essen ging, so gab es Pizza und Salat bei *Giorgio's* im Italiener-Viertel.

Auch diese Nacht erfüllte Carls verwegenste Träume. Und auch der nächste Tag und die nächste Nacht waren nicht anders. Doch dann mußte er wieder in die Firma.

Es war Montag morgen. Er nahm den Wagen der irgendwann am Sonntagabend vor seinem Haus abgestellt worden war und fuhr von drei wunderbaren Tagen und Nächten erfüllt und gestärkt, in die Stadt zu seinem Büro, um sich an die leidige Bergman-Sache zu machen, die ihm jetzt wieder zu Bewußtsein kam.

Zum Abschied hatte er noch einen leidenschaftlichen Kuß bekommen. Als er auf den Freeway fuhr, dachte er an den Zoo, seine Geschenke, das Essen und die Liebe der letzten Tage und bedauerte insgeheim, daß sich diese Zeit nicht wiederholen lassen würde.

Das laute Geräusch klang wie aus einer anderen Welt. Erst langsam begriff Carl, daß es das Telefon war. Er hob seinen Kopf von der Schreibtischplatte und sah sich um. Er war in seinem Büro. Er mußte über der Bergman-Akte, die geöffnet vor ihm lag, eingeschlafen sein. Wenigstens hatte er einen paradiesischen Traum gehabt. Er nahm den Hörer ab und meldete sich mit einem knappen »Ja?«. »Ich gehe jetzt, wenn es Ihnen recht ist«, es war die Stimme seiner Sekretärin, »ein schönes Wochenende Sir.«

»Danke, Ihnen auch Mary, ich brauche Sie nicht mehr. Ich geb´ das Schreiben in der Wynert-Sache selbst ab. Auf Wiedersehen«. »Auf Wiedersehen Sir«. Dann klickte es und das Telefon war wieder stumm. Nachdem er wieder ganz wach war, ging er die Papiere auf seinem Schreibtisch durch, schaute was noch zu erledigen war und kam zu dem befriedigenden Schluß, daß tatsächlich nur noch der seiner Sekretärin gegenüber erwähnte Brief unterschrieben und dann samt Umschlag in den Briefausgangsschacht geworfen werden mußte. Nachdem dies erledigt war, mußte er einen Moment überlegen, ob er ein Taxi brauchte um nach Hause zu fahren, oder ob sein Wagen in der firmeneigenen Tiefgarage stand. Er kam zu dem Schluß, daß sein Wagen nur in seinem Traum in der Reparaturwerkstatt gewesen war und er folglich selbst ins Wochenende fahren konnte.

Es standen nur noch wenige Fahrzeuge auf der zweiten Parkebene der Garage im Untergeschoß des Gebäudes, und die Plätze neben seinem waren bereits leer. Er stieg in seinen Buick, warf die Aktentasche auf den Rücksitz, ließ den Wagen an und fuhr auf das metallene Ausfahrttor zu. Er kurbelte sein Fenster herunter und zog an der weißen Leine, die von der Decke herunterhing und den Öffnungsmechanismus in Gang setzte. Oben auf der Straße stellte er fest, daß er auch das anfänglich gute Wetter nur geträumt hatte. Es regnete so stark, daß die Scheibenwischer es kaum schafften, die auf die Windschutzscheibe einströmenden Wassermassen so zu bewältigen, daß er die Straße und die anderen Autos erkennen konnte. Von Minute zu Minute mehr versagten ihm seine Augen den Dienst, in der Dunkelheit und durch die sintflutartigen Regenfälle den Straßenverlauf erkennen und ihm folgen zu können. Er bereute es, den, aus Angst eine Brille tragen zu müssen, lange aufgeschobenen Besuch beim Augenarzt nicht doch schon unternommen zu haben. Langsam mit höchster Konzentration fahrend, quälte er sich durch die überfüllten Straßen.

Nach der Hälfte der Strecke fiel ihm ein, daß er Ruth versprochen hatte, für den nächsten Tag, also an seinem Geburtstag, einen Platz bei Giorgio's zu bestellen. Er stoppte den Wagen an einer Telefonzelle und reservierte einen Tisch für Sonnabend 20.00 Uhr.

Eine halbe Stunde später, nachdem er wegen der Heftigkeit der Regengüsse den Wagen notgedrungen für einige Minuten am Straßenrand hatte parken müssen, fuhr er in die Einfahrt seines Hauses. Er war bereits durchnäßt, als er an der Tür klingelte, weil er seinen Haustürschlüssel nicht finden konnte. Als die Tür geöffnet wurde, rief er seiner Frau fröhlich entgegen. »Alles klar Schatz, morgen geht's zu Giorgio's!«

Er hörte erst ihre Stimme, bevor er sie sah. »Hatten wir nicht gedacht, vietnamesisch essen zu gehen, Honey?« Und dann sah er in ihr lächelndes Gesicht, daß für ihn neu war, aber auf eine seltsame Weise auch wohlige Vertrautheit ausstrahlte. »Die asiatischen Gerichte sind so wunderbar geheimnisvoll und die Mädchen freuen sich auch schon so darauf.« Sie zog ihn sanft ins Haus und dann küßte sie ihn – so leidenschaftlich –, daß die Welt sich um ihn herum zu drehen begann. Erst langsam dann schneller, viel schneller